Karl Olsberg

Das Dorf

Band 2: Kolle in Not

Published by briends GmbH, Bahngärten 7,
22041 Hamburg, Germany
www.karlolsberg.de

Für Carolin

Minecraft Seed für das Dorf: 100200300400500

Erkunde selbst das kleine Dorf am Rand der Schlucht und die Welt darum herum! Das ist ganz einfach (Anleitung für die PC-Version):

1. Starte Minecraft
2. Wähle „Einzelspieler"
3. Klicke auf „Neue Welt erstellen"
4. Wähle einen Namen für deine Welt, z.B. „Das Dorf"
5. Klicke auf „Weitere Weltoptionen ..."
6. Gib in das Fenster „Startwert für den Weltgenerator" den Wert 100200300400500 ein.
7. Klicke auf „Neue Welt erstellen".

Du spawnst am Hang eines Bergs. Steige hinab in die Ebene zu deinen Füßen und wende dich nach links, dann kommst du bald an ein Dorf, das an einer Schlucht liegt. Dies ist das Dorf, in dem die vorliegende Geschichte spielt. Natürlich verhalten sich nicht alle Bewohner im Spiel genauso wie in meiner Geschichte, aber die Welt, die ich beschreibe, ist genau die, durch die du wanderst. Viel Spaß beim Erkunden!

Hinweis: Dieser Seed generiert die Welt von „Das Dorf“ leider nur in der PC-Version. Als ich diese Geschichte schrieb, war die aktuelle Minecraft-Version 1.8.1. Es ist möglich, dass in späteren Minecraft-Versionen der Seed 100200300400500 auch auf dem PC eine andere Welt generiert als die beschriebene. In diesem Fall musst du eine frühere Version (z.B. 1.8.1) installieren, wenn du die Welt des Dorfs erkunden willst.

1. Rückkehr

Primo lässt sein Holzschwert in hohem Bogen herabsausen. Als Kolle den Schlag parieren will, ändert er im letzten Moment die Schlagrichtung, beschreibt eine Kurve und schwingt die Waffe tief gegen Kolles Bein.

„Aua!“, ruft sein bester Freund. „Pass doch auf, du Idiot!“

„Pass du lieber auf!“, weist ihn Willert zurecht, der die beiden vom Eingang seiner Hütte aus beobachtet. „Wenn du kämpfen willst, musst du auch lernen, dem Angriff deines Gegners auszuweichen.“

„Aber das war gemein!“, beschwert sich Kolle. „Er hat so getan, als ob er von oben angreift, und dann hat er plötzlich die Richtung geändert! Das ist unfair!“

„Glaubst du wirklich, dass deine Gegner immer fair zu dir sind?“

„Jedenfalls kämpfen die Nachtwandler nicht so hinterlistig!“ Kolle wirft sein Holzschwert auf den Boden. Primo hat den Eindruck, dass sein Gesicht eine leicht grünliche Färbung annimmt, während sich seine Augen röten. „Ich habe die Nase voll davon, immer nur gehauen zu werden!“ Diese letzten Worte hat Kolle mit einer Stimme gebrüllt, die nicht seine eigene zu sein scheint: tief, dunkel, bedrohlich und schrecklich laut.

Primo wirft Willert einen sorgenvollen Blick zu. Der scheint auch nicht recht zu wissen, wie er mit dem Wutausbruch umgehen soll.

„Schon gut, beruhige dich wieder. Für heute machen wir Schluss mit dem Kämpfen. Kommt rein, dann zeige ich euch noch ein paar Tricks an der Werkbank!“

„Oh nein!“, stöhnt Kolle. „Von all dem Auswendiglernen von Bauanleitungen bekomme ich Kopfschmerzen!“

Primo dagegen freut sich auf den Unterricht. In den wenigen Tagen, seit sie hier bei Willert im Wald leben, hat er mehr gelernt als in den endlosen Stunden, in denen der Dorfpriester Magolus ihnen irgendwelche unsinnigen Geschichten über Notch, den Schöpfer, und seine Gebote erzählt hat. Trotzdem sehnt er sich zurück nach der Zeit im Dorf, als er unbeschwert von großen Abenteuern träumen und Magolus oder seiner fiesen Helferin Birta Streiche spielen konnte. Damals kam ihm sein Leben langweilig vor. Doch mit dem Angriff der Zombies, den sie nur mit Hilfe des geheimnisvollen Fremden und dank Kolles erstaunlicher Kraft abwehren konnten, hat er fürs Erste genug Aufregung erlebt.

Nicht, dass er es bereuen würde, Willert und seinem Freund hierher in den Wald gefolgt zu sein. Doch er vermisst das Dorf und seine Bewohner, auch wenn sie manchmal ziemlich engstirnig sein können und gern miteinander streiten: Olum, den Fischer, Bendo, den Bauern, Kolles Vater Nimrod, den zerstreuten Bibliothekar, sogar den strengen Magolus. Er sehnt sich nach dem gemütlichen Haus, in dem er aufgewachsen ist, mit seinem eigenen Bett darin, und ganz besonders nach seinem Vater. Und dann ist da noch Golina ...

Oft muss Primo daran denken, wie Bendos Tochter ihn angesehen hat, als er mit seinem Vater der Nachbarsfamilie zu Hilfe eilte und eigenhändig einen Nachtwandler tötete. Da war dieses seltsame Bauchkribbeln, das er seitdem immer wieder bekommt, wenn er sich ihr hübsches Gesicht vorstellt, die großen, verträumten Augen ...

Zack! Ein Schlag trifft Primo an der Schulter.

„Aua!", ruft er aus, mehr vor Schreck als vor Schmerzen.

Kolle lacht hässlich. „Da hast du's zurück!"

Primo fährt zu seinem Freund herum, der sich von hinten angeschlichen und ihm eins mit dem Holzschwert verpasst hat. „Was soll das? Willert hat doch gesagt, es ist Schluss für heute!"

Kolle grinst, doch seine Augen sind immer noch gerötet und funkeln böse. „Hat Willert nicht auch gesagt, dass Gegner nicht immer fair sind?"

Primo blickt seinen Freund sorgenvoll an. So kennt er ihn gar nicht. Kolle war stets der Vernünftige, der Sanftmütige. Klug und neugierig, aber niemals gehässig. Er war es, der Primo oft davor gewarnt hat, Unfug anzustellen, und ihn mehr als einmal vor schlimmer Strafe bewahrte. Doch seit er von dem Nachtwandler gebissen wurde, ist Kolle nicht nur stark geworden; auch sein Charakter scheint sich verändert zu haben. Das macht Primo traurig, denn er weiß, dass er allein daran schuld ist. Wäre er nicht so übermütig und dumm gewesen, dem Fremden in den Wald zu folgen, wäre das alles nicht passiert.

„Heute zeige ich euch, wie man ein Bett macht“, erklärt Willert.

„Endlich mal was Sinnvolles!“, kommentiert Kolle mürrisch.

Er hat recht: Ein Bett können sie gut gebrauchen, denn bisher gibt es in der Hütte nur ein einziges. Obwohl Willert angeboten hat, dass sie es abwechselnd benutzen, haben Primo und Kolle abgelehnt und schlafen auf dem Boden. Zudem hat man hier im Wald nicht gerade eine gute Nachtruhe, denn ständig schleichen Nachtwandler und Knochenmänner um die Hütte herum, und auch Knallschleicher hat Primo schon durchs Fenster beobachtet. Kolle scheint das besonders mitzunehmen. Jedes Mal, wenn draußen ein Nachtwandler sein langgezogenes *Unngh* ausstößt, wälzt er sich unruhig im Schlaf und grunzt etwas, als wolle er antworten.

Einmal stand er sogar mitten in der Nacht auf und ging zur Tür. Erst, als Primo ihn am Arm festhielt und ansprach, wachte Kolle auf und wurde sich bewusst, dass er im Begriff gewesen war, in die Nacht hinauszugehen und sich damit in Lebensgefahr zu begeben. Er habe schlecht geträumt, war die einzige Erklärung, die er dafür hatte.

Ob das Bett gegen Kolles düstere Träume helfen wird, weiß Primo nicht, aber bequemer als der harte Holzboden der Hütte ist es allemal.

„Und was, denkt ihr, braucht man, um ein Bett herzustellen?“, fragt Willert.

„Eisen? Stein? Kohle?“, rät Primo drauf los. Bisher haben sie diese Materialien immer gebraucht, wenn sie etwas auf der Werkbank hergestellt haben.

„Das wird aber kein sehr gemütliches Bett“, stellt Kolle fest.

Willert nickt. „Sehr gut, Kolle. Was denkst du, das wir brauchen?“

„Hm. Irgendwas Weiches, aus dem man die Matratze und die Decke machen kann, und etwas Hartes, auf das man beides legt. Holz. Das Gestell meines Bettes zuhause ist aus Holz.“ Seine Augen sind nun nicht mehr gerötet, dafür blickt er traurig ins Leere. Auch er scheint sein Elternhaus zu vermissen.

„Sehr gut“, bestätigt Willert. „Wir brauchen Holz und etwas Weiches. Primo, was ist weich?“

Primo schreckt aus seinen Gedanken. „Golina“, sagt er, ohne nachzudenken.

Kolle und Willert prusten los.

„Was denn?“, fragt Primo, während er spürt, wie sein Kopf die Farbe eines reifen Apfels annimmt. „Stimmt doch!“

Seine beiden Mitbewohner lachen nur noch lauter.

Primo will etwas sagen, doch Willert kommt ihm zuvor. „Was reimt sich auf ‚Kolle‘?“

„Wolle!“, antworten die beiden jungen Dorfbewohner wie aus einem Mund.

„Sehr gut. Und woher bekommen wir die?“

„Schafe haben Wolle“, sagt Kolle. „Aber wie können wir sie ihnen wegnehmen?“

„Das weiß ich“, erklärt Primo. „Ich habe zugesehen, wie mein Vater ein Ding gemacht hat, das er Schere nannte. Damit kann man Schafen das Fell abschneiden.“

„Sehr gut“, bestätigt Willert. Er holt eine Schere aus seiner Truhe. „Auf der Ebene östlich des Dorfs gibt es genug Schafe. Ihr beide geht dorthin und bringt mir mindestens drei Ballen Wolle!“

Primos Herz schlägt höher. „Heißt das, wir dürfen ins Dorf?“

Willert nickt. „Wenn ihr wollt, könnt ihr euren Eltern kurz Hallo sagen. Aber vertrödelt nicht zu viel Zeit und seid zurück, bevor die Sonne am höchsten steht!“

„Ja, Willert!“, sagen Primo und Kolle gleichzeitig und stürmen aus der Hütte.

„He, ihr Möchtegern-Abenteurer!“, ruft ihnen der Einsiedler nach. „Habt ihr nicht etwas vergessen?“ Er hält die Schere hoch.

Betreten kehrt Primo zurück und nimmt sie entgegen. Dann folgt er Kolle. Den Weg zum Waldrand finden sie ohne Schwierigkeiten, denn Willert hat dafür gesorgt, dass sie ihn sich genau einprägen. Auf keinen Fall will sich Primo jemals wieder im Dickicht der Bäume verirren, so wie in jener schrecklichen Nacht, als Kolle fast gestorben wäre.

Als sie aus dem Schatten der Bäume hinaus ans Ufer des Flusses treten, zuckt Kolle zusammen.

„Was ist los?“, fragt Primo besorgt.

„Ach, nichts“, sagt sein Freund und geht weiter. Doch als sie den Fluss durchqueren, spritzt er sich Wasser ins Gesicht und über den Körper.

„Das Sonnenlicht tut dir weh, nicht wahr?“, fragt Primo.

Kolle antwortet nicht.

Als sich die beiden dem Dorf nähern, ertönt ein Schrei. „Sie kommen zurück! Kolle und Primo kommen zurück!“

Das war Delfina, die Frau des Bibliothekars und Kolles Mutter. Sie stürmt ihnen entgegen, während die anderen Bewohner neugierig ihre Arbeit auf den

Feldern ruhen lassen und aus ihren Häusern kommen, um die beiden zu begrüßen.

„Mein Sohn!“, ruft sie und umarmt Kolle. „Wie geht es dir? Isst du auch genug? Du gehst doch nicht etwa allein im Wald spazieren, oder? Willert würde das nicht zulassen, nicht wahr? Oder etwa doch? Passt er gut auf euch auf? Dein Vater sagt, er ist ein guter Mann und wird euch viel beibringen, aber du weißt ja, wie zerstreut er manchmal ist, dein Vater, meine ich, und ich mache mir nachts oft Sorgen, und ...“

„Du tust mir weh, Mama!“, ruft Kolle und unterbricht damit den Redeschwall.

Erschrocken lässt ihn seine Mutter los. „Was ist denn mit dir, mein Junge? Oh nein, du bist ja ganz blass! Hast du etwa immer noch diese schreckliche Krankheit?“

„Mir geht es gut!“, widerspricht er.

Inzwischen hat sich fast das ganze Dorf um die beiden versammelt. Primos Vater umarmt seinen Sohn herzlich. „Schön, dass ihr beide uns mal besuchen kommt!“

„Wir haben nicht viel Zeit“, erklärt Primo. „Wir müssen etwas Wolle besorgen. Willert will uns zeigen, wie man ein Bett macht.“

„Willkommen im Dorf, Fremde!“, ruft Magolus, der Priester, was wieder einmal eine Diskussion unter den Dorfbewohnern auslöst.

„Was, der Fremde ist wieder da?", fragt Olun, der Fischer.

„Quatsch, er meint Kolle und Primo, du Trottel!", antwortet Kaus, der Bauer.

„Selber Trottel! Kolle und Primo sind doch keine Fremden!"

„Sie wohnen nicht im Dorf, oder? Also sind sie nicht von hier. Und wenn sie nicht von hier sind, sind sie Fremde, das ist nun mal so!"

„Blödsinn! Ich kenne die beiden, also sind sie keine Fremden! *Das* ist nun mal so!"

Porgo übertönt die Streiterei mit seiner mächtigen Stimme. „Kolle und Primo werden immer Bewohner dieses Dorfes sein, ganz egal, wo sie gerade sind!", stellt er fest und wirft dabei einen finsteren Blick zu Magolus.

„Jedenfalls dürfen sie hier nicht wieder wohnen!", ruft Birta. „Kolle ist immer noch nicht geheilt. Es wäre viel zu gefährlich!"

Wieder erhebt sich Stimmengewirr:

„Kolle und Primo dürfen jederzeit im Dorf wohnen!"

„Dürfen sie nicht!"

„Was soll das heißen, er ist noch nicht geheilt? Er wird doch nicht etwa zum Nachtwandler? Oh, ich glaube, ich muss ganz dringend mal nach dem Brot sehen, das ich im Ofen habe ..."

Primo hebt eine Hand, um sich Gehör zu verschaffen. „Keine Angst, wir bleiben nicht hier. Wir wollten euch nur Hallo sagen. Wir besorgen uns etwas Wolle, dann verschwinden wir wieder."

„Ich kann dir Wolle verkaufen", erklärt Jarga, die Schäferin. „Für einen Smaragd gebe ich dir sieben Ballen."

„Aber ich habe keinen Smaragd", sagt Primo. „Außerdem kann ich mir die Wolle selbst besorgen." Er zeigt ihr die Schere.

„Woher hast du die?", fragt Jarga. Ihre Stimme klingt zornig.

„Willert hat sie mir gegeben."

„Aber du bist kein Schäfer!"

„Na und?"

„Nur Schäfer dürfen Schafe scheren! So will es Notch, der Schöpfer. Stimmt's, Magolus?"

„Ich habe das Heilige Buch auswendig gelernt", widerspricht Primo. „Da drin steht nichts davon, wer Schafe scheren darf und wer nicht."

„Nur, weil du das Heilige Buch gelesen hast, heißt das noch lange nicht, dass du den Willen des Schöpfers kennst!", mischt sich Birta ein. „Dafür braucht man viel Erfahrung und Wissen."

„Ja, und eine Menge Fantasie", ergänzt Primo.

„Wie kannst du es wagen!", keift Birta.

„Schluss jetzt!", ruft Magolus. „Was Notchs Wille ist, bestimme immer noch ich!"

„Und?“, fragt Jarga. „Darf er nun Schafe scheren oder nicht?“

Wieder rufen alle durcheinander.

„Darf er nicht! Da könnte ja jeder kommen!“

„Klar darf er das. Die Schafe gehören schließlich niemandem.“

„Aber die Schere gehört Jarga, deshalb ist sie die Schäferin.“

„Primo hat auch eine Schere. Ist er deshalb etwa ein Schäfer?“

„Er darf gar keine Schere haben. Das darf nur ich!“

„Wenn er einen Smaragd hat, sollte er dafür lieber ein paar von meinen leckeren Brathähnchen eintauschen statt deine nutzlose Wolle.“

„Nutzlos? Ich werd‘ dir gleich ...“

„RUHE!“ Kolles Stimme hallt durch das Dorf wie ein Donnerschlag. Sein Kopf ist grün angelaufen, und seine Augen sind gerötet. Etwas leiser fährt er fort: „Euer Gezanke macht mir Kopfschmerzen! Und wer versucht, Primo daran zu hindern, Schafe zu scheren, bekommt es mit mir zu tun!“

Die Dorfbewohner starren ihn betreten an. Kolles Mutter bricht in Tränen aus. Auch Primo ist über den Wutausbruch erschrocken.

„Bitte geht jetzt!“, sagt Magolus, der Priester. „Schert so viele Schafe, wie ihr wollt, aber dann kehrt zurück in den Wald!“

Bevor irgendwer protestieren kann, nickt Primo. „Komm, Kolle!"

Wie auf Kommando kehren sie gleichzeitig dem Dorf und seinen Bewohnern den Rücken zu.

2. Golina

Schweigend stapft Primo zusammen mit Kolle über die Ebene, die im Norden und Süden von Bergketten flankiert ist, während sich fern im Osten der Rand eines Waldes abzeichnet. Bei Notch, die Rückkehr ins Dorf hatte er sich schöner vorgestellt! Er ist so in seine trüben Gedanken versunken, dass er vergisst, warum sie hergekommen sind.

„Wir sind jetzt schon an zwei Schafen vorbeigelaufen", beschwert sich Kolle. „Können wir vielleicht mal damit anfangen, ihnen die Wolle abzunehmen? Ich würde gern möglichst bald wieder in den Wald zurückkehren!"

Primo schreckt auf. Sein Freund hat offensichtlich Schmerzen.

„Ja, natürlich. Entschuldige!"

Er zückt die Schere und geht auf ein Schaf zu, das in der Nähe grast. Es hebt seinen eckigen Kopf und blickt Primo mit schielenden Augen an. Dann macht es „Bääh!" und trippelt ein paar Schritte davon.

Primo versucht, es einzuholen, doch jedes Mal, wenn er sich dem Schaf nähert, blökt es und läuft weg.

„Beeil dich mal bitte!", jammert Kolle.

„Ich versuch's ja", gibt Primo gereizt zurück. „Aber das dumme Schaf hält einfach nicht still!“ Erneut unternimmt er einen Versuch, sich dem Tier zu nähern, doch der misslingt ebenso.

Kolle verliert die Geduld. „IHR BLÖDEN VIECHER! BLEIBT GEFÄLLIGST STEHEN!“, brüllt er mit seiner furchterregenden Donnerstimme. Der Effekt ist, dass alle Schafe auf der ganzen Ebene gleichzeitig blöken und in Panik in alle Richtungen davonrennen. Einige hüpfen sogar die Berghänge hinauf.

„Na bravo!“, ruft Primo. „Das hast du wirklich toll hingekriegt!“

„Ach ja? Wer ist denn hier zu dumm, um einem Schaf die Wolle abzuschneiden?“

„Kannst du mir mal erklären, wie ich das machen soll, wenn sie nicht stillhalten?“

„Du musst dich eben beeilen!“

„Mach es doch selber, wenn du so genau weißt, wie es geht!“

„Habt ihr Probleme?“

Erschrocken dreht sich Primo um. „Golina! Was machst ... wie kommst ... ich meine, wieso bist ...?“

„Hallo Primo!“ Sie lächelt. „Ich ... ich wollte dir nur noch mal danken, dass du uns neulich Nacht geholfen hast. Wenn du nicht gewesen wärst ...“

„Ach das ... das war doch gar nichts! Außerdem war es Kolle, der die meisten Nachtwandler vertrieben hat.“

„Danke auch dir, Kolle!“, sagt Golina.

„Schon gut“, gibt Primos Freund gereizt zurück. „Können wir jetzt wieder zurück in den Wald gehen?“

„Geht es dir nicht gut?“, fragt Golina besorgt. „Du siehst aus, als hättest du Schmerzen!“

Kolle antwortet nicht.

„Wir sollen für Willert drei Ballen Wolle besorgen“, erklärt Primo. „Aber ich fürchte, das wird nichts. Die Schafe laufen jedes Mal weg, wenn ich mich ihnen nähere.“

„Gib mir mal die Schere!“, bittet Golina.

Primo reicht sie ihr. Langsam nähert sie sich einem Schaf, das die drei misstrauisch beäugt. Als sie nur noch ein paar Schritte entfernt ist, beginnt sie leise zu singen:

„Hallo, mein kleines Schaf,
sei bitte lieb und brav!
Ich brauche deine Wolle
für Primo und für Kolle.
Mit der Schere, schnipp und schnapp,
schneid ich dir die Wolle ab.
Das tut bestimmt nicht weh,
also bleib ruhig und steh!“

Das Schaf steht da wie angewurzelt. Golina streichelt ihm sanft den Kopf, während sie mit der Schere geschickt das Fell abtrennt. Im Nu hat sie drei große Ballen Wolle beisammen, die sie zu Primo und Kolle trägt. Das Schaf scheint erst jetzt zu begreifen, dass es nun splitternackt ist. Es blökt empört und trottet davon.

„Das ... das war wunderschön!“, ruft Primo aus.

Golina lächelt. „Wunderschön? Wie meinst du das?“

Schon zum zweiten Mal an diesem Tag spürt Primo, wie er rot wird. „Du bist ... ich meine, deine Stimme, sie ist ...“

„Danke, Golina!“, sagt Kolle und erspart Primo damit weitere Peinlichkeiten. „Aber wir müssen jetzt zurück zu Willert!“

„Schade“, erwidert sie. „Aber ihr kommt uns doch bald wieder besuchen, ja?“

Primo will etwas antworten, doch es kommt nur ein merkwürdiges Krächzen aus seiner Kehle.

„Klar“, antwortet Kolle.

„Auf Wiedersehen, Primo!“, sagt Golina und lächelt ihm zum Abschied an.

„Auf Wieserdehen!“, gibt Primo zurück. Dann folgt er Kolle, der sich bereits auf den Weg in Richtung Waldrand gemacht hat. Als er seinen Freund erreicht, dreht er sich noch einmal um und winkt Golina zu. Sie winkt zurück, dann spaziert sie ein fröhliches Lied singend in Richtung des Dorfs.

„Sag mal, was ist eigentlich mit dir los?“, fragt sein Freund, als sie endlich den Schatten der Bäume erreichen.

„Was soll mit mir los sein?“

„Du wirkst irgendwie verwirrt. Du hast zu Golina ‚auf Wieserdehen‘ gesagt.“

„Hab ich nicht!“

„Hast du doch! Und du hast in ihrer Gegenwart gestottert, als wenn du ... Sag mal, du bist doch nicht etwa verliebt?“

„Verliebt? Ich? In Golina? Wie kommst du denn darauf?“

„Meine Mutter hat mir erzählt, dass man, wenn man sich verliebt, den Verstand verliert. Oder so ähnlich. Jedenfalls sagt sie, mein Vater hätte auch ziemlich viel Unsinn geredet, als er sie kennenlernte.“

„Dein Vater ist doch immer zerstreut. Außerdem stottere ich nicht! Und verliebt bin ich schon gar nicht! Übrigens sollten wir jetzt aufhören, zu quatschen, und lieber zusehen, dass wir zurück zur Hütte kommen!“

Schweigend wandern sie durch den Wald, der bei Tageslicht so friedlich wirkt. Sie begegnen einer riesigen Spinne, die auf einem Baum hockt, jedes ihrer acht Beine länger als Primos Arme. Doch das Tier macht keine Anstalten, sie anzugreifen, sondern mustert sie nur mit seinen rotglühenden Augen und stößt dabei zischende Geräusche aus.

Als sie Willerts Hütte erreichen, wartet dieser schon auf sie. „Sieh mal an! Ich hätte nicht gedacht, dass ihr das so schnell hinbekommt. Schafe scheren sieht nämlich einfacher aus, als es ist. Habt ihr die Wolle wirklich selbst geschoren?“

„Natürlich“, lügt Primo und wirft Kolle einen warnenden Blick zu. Sein Freund sagt nichts.

„Wart ihr im Dorf?“, fragt Willert.

Primo nickt.

„So, wie du dreinblickst, waren die Dorfbewohner wohl nicht sehr nett zu euch, oder?“

„Nein, waren sie nicht.“

„Nimm’s nicht so schwer, Primo! Sie meinen das nicht so. Sie haben bloß Angst vor allem, was sie nicht verstehen.“

Primo stimmt zu, doch in diesem Moment wünscht er sich nichts sehnlicher, als diesen finsteren Wald und die enge Hütte hinter sich zu lassen und zu seinem Vater zurückzukehren. Wenn er damals nur nicht so dumm gewesen wäre, dem Fremden nachzulaufen!

„Jetzt kommt erst mal rein, und dann zeige ich euch, wie man die Wolle verarbeitet“, sagt Willert.

„Kolle hat Schmerzen“, stellt Primo fest. „Das Sonnenlicht tut ihm weh.“

Willert bleibt im Hauseingang stehen. „Wie schlimm ist es?“, fragt er Kolle.

„Ziemlich schlimm“, antwortet dieser. „Mir tut immer noch alles weh.“

„Und hast du wieder einen Wutanfall bekommen?“

Er nickt.

„Zweimal“, ergänzt Primo. „Er wirkt ziemlich gereizt, wenn er im Hellen ist.“

Willert seufzt, sagt jedoch nichts. Er führt die beiden in die Hütte und zeigt ihnen, wie man mit Hilfe der Werkbank die Wolle und etwas Holz zu einem Bett verarbeitet. Primo macht den größten Teil der Arbeit, während sein Freund nur stumm danebensteht. Das Ergebnis ist ein bisschen schief und knarzt bei jeder Bewegung, doch Primo ist einigermaßen stolz auf sein Werk.

„Na, wie findest du es?“, fragt er Kolle.

„Toll.“ Sein Freund klingt nicht gerade begeistert.

„Warum hast du nicht mitgemacht? Es ist ein gutes Gefühl, aus ein paar einfachen Materialien etwas so Praktisches herzustellen.“

„Ich mach mir nun mal nichts aus Basteleien.“

„Weil du es gebaut hast, steht dir die Ehre zu, als Erster darin zu schlafen“, sagt Willert.

„Nein“, widerspricht Primo. „Kolle darf es einweihen.“ Er braucht ein Bett dringender als ich, denkt er, spricht es aber nicht aus.

„Du willst bloß, dass ich es bin, der drin liegt, wenn das Ding zusammenbricht!“, behauptet Kolle grinsend. Für den Moment scheint er seine Schmerzen vergessen zu haben.

Primo lacht. „Na gut, wenn du nicht willst …“

„Doch, schon gut. Ich stelle mich gern als Versuchsperson zur Verfügung."

In der Nacht knarzt das Bett jedes Mal, wenn Kolle sich im Schlaf hin und her wälzt. Doch das ist nicht der einzige Grund, warum Primo nicht schlafen kann. Immer wieder muss er an Golinas Lächeln denken, an ihre Stimme, als sie dem Schaf das Lied vorgesungen hat, und daran, wie Kolle behauptete, er sei verliebt. Das ist natürlich vollkommen lächerlich! Aber es stimmt schon, dass er ein merkwürdiges Bauchkribbeln bekommt und sein Kopf wie leergefegt ist, wenn er auch nur an sie denkt. Seltsam, er kennt Golina schon, seit sie beide noch ganz klein waren, doch früher hatte sie nie so eine Wirkung auf ihn. Vielleicht ist er auch krank?

Das tiefe *Unnngh* eines Nachtwandlers reißt Primo aus seinen Gedanken. Das kam nicht von draußen, sondern hier aus der Hütte! Erschrocken setzt er sich auf. Doch da ist kein Monster. Er muss sich getäuscht haben.

Gerade, als Primo sich wieder hinlegt und versucht, endlich einzuschlafen, knarzt das Bett neben ihm heftig. Dann hört er Schritte. Als er erneut hochschreckt, sieht er im fahlen Licht des Monds, der durchs Fenster scheint, eine Gestalt mit ausgestreckten Armen langsam auf die Tür zu wanken.

„Kolle!", ruft Primo aus. „Was machst du da?"

Sein Freund antwortet nicht. Er öffnet die Tür, als wolle er draußen einen Spaziergang unternehmen. Mitten in der Nacht!

Primo springt auf und hält ihn am Arm zurück. „Kolle! Spinnst du? Du kannst doch jetzt nicht rausgehen!"

Inzwischen ist auch Willert aufgewacht. Er entzündet eine Fackel. Als der flackernde Schein auf Kolles Gesicht fällt, stöhnt Primo vor Entsetzen auf. Sein Freund ist ganz grün!

„Geh zur Seite, Primo!", ruft Willert. Er hat plötzlich das Schwert in der Hand, das in einem Rahmen an der Wand hing. „Er hat sich verwandelt. Wenn er uns angreift, müssen wir ihn töten!"

„Nein!", ruft Primo aus. „Kolle, komm wieder zu dir! Bitte!" Verzweifelt rüttelt er seinen Freund am Arm.

Kolles rote Augen blinzeln zweimal. „Was? Was ist los? Wo bin ich?"

Willert lässt das Schwert sinken.

„Du warst im Begriff, nach draußen zu laufen!", erklärt Primo.

„Ich ... ich hatte einen seltsamen Traum", sagt Kolle. Die grüne Farbe weicht allmählich aus seinem Gesicht.

„Leg dich wieder hin und versuch, noch ein bisschen zu schlafen", weist Willert ihn an. „Und du auch, Primo. Ich werde bis zum Sonnenaufgang Wache halten."

Primo gehorcht, doch an Schlaf ist jetzt erst recht nicht mehr zu denken.

3. Auf nach Norden

„So kann es nicht weitergehen!“, stellt Willert fest, als die Sonne endlich aufgegangen ist. „Kolles Vergiftung ist zu weit fortgeschritten. Die Tränke, die ich ihm gegeben habe, konnten die Verwandlung anscheinend verlangsamen, aber sie haben sie nicht aufgehalten. Es tut mir wirklich leid, aber ...“

„Schon gut“, sagt Kolle. „Ich werde gehen.“ Er versucht, es beiläufig klingen zu lassen, aber man merkt ihm an, wie schwer ihm diese Aussage fällt.

„Kommt überhaupt nicht infrage!“, protestiert Primo. „Wir müssen einfach noch besser aufpassen.“

„Und was sollen wir tun, wenn er sich endgültig verwandelt hat?“, fragt Willert. „Willst du ihn dann töten, oder willst du dich lieber auch beißen lassen und zum Nachtwandler werden?“

„Willert hat recht“, bestätigt Kolle. „Ich darf nicht zulassen, dass ich euch weiter in Gefahr bringe. Und wer weiß, vielleicht ist das Leben als Nachtwandler ja gar nicht so schlecht.“ Er versucht, zu lächeln, doch es sieht unecht aus.

„Du wirst beim ersten Sonnenstrahl in Flammen aufgehen und verbrennen!“, ruft Primo. Er schafft es nur mit Mühe, die Tränen zurückzuhalten.

„Werde ich nicht. Ich suche mir irgendwo eine Höhle und lebe von nun an in der Finsternis.“

„Aber es muss noch eine andere Möglichkeit geben! Die Tränke haben vielleicht nicht ausgereicht, um die Verwandlung für immer aufzuhalten, aber sie haben auf jeden Fall geholfen. Wenn wir noch mehr davon hätten, könnten wir deinen Zustand vielleicht stabil halten."

„Wir haben aber nun mal nicht mehr davon." Kolle stößt einen tiefen Seufzer aus, der fast so klingt wie die *Unnghs* der Nachtwandler, nur viel trauriger. „Du musst dich damit abfinden, Primo! Ihr könnt mir nicht helfen."

„Nein! Wenn du in der Unterwelt leben musst, dann gehe ich eben mit dir!"

„Spinnst du? Die Nachtwandler werden dich in Stücke reißen!"

„Nicht, wenn ich auch einer bin. Sobald du dich verwandelt hast, lasse ich mich von dir beißen. Dann können wir Freunde bleiben."

„Das werde ich nicht zulassen!", sagt Kolle, und seine Augen röten sich vor Wut. „Ich bin verdammt, ein Nachtwandler zu werden, aber du nicht! Wenn ich weg bin, kannst du ins Dorf zurückkehren, wo du hingehörst!"

„Ha! Versuch doch mal, mich aufzuhalten!"

„Hört auf, zu streiten!", mischt sich Willert ein. „Es gibt vielleicht noch eine andere Möglichkeit. Die beiden Tränke habe ich vor langer Zeit von einer Hexe erhalten. Na ja, ‚erhalten' ist vielleicht nicht das richtige Wort. Sie hat sie mir an den Kopf geworfen. Ich konnte ausweichen, und die Flaschen sind nicht zerbrochen, deshalb habe ich sie eingesammelt und mitgenommen."

„Warum hat sie sie nach dir geworfen?", fragt Kolle.

„Hexen sind manchmal etwas ... unberechenbar. Ich will euch keine falschen Hoffnungen machen. Es ist wahrscheinlich nur eine winzige Chance. Aber wenn jemand Kolle helfen kann, dann ist es Ruuna."

„Du kennst ihren Namen?", fragt Primo.

„Ja." Willert scheint keine Lust zu haben, näher auf das Thema einzugehen.

„Dann lasst uns sofort zu dieser Ruuna gehen!", schlägt Primo vor.

„Das ist nicht so einfach", erwidert Willert. „Ich weiß nicht mal genau, wo sie jetzt lebt. Ich weiß nur, dass sie vor langer Zeit nach Norden gegangen ist."

„Na gut, dann gehen wir eben auch nach Norden. Früher oder später werden wir sie schon finden."

„Primo, du hast wirklich keine Ahnung, wie groß die Welt ist, oder?"

„Hab ich wohl!", behauptet Primo, aber das stimmt natürlich nicht. Weiter als bis zu Willerts Hütte hat er sich noch nie vom Dorf entfernt.

„Glaub mir, die Welt ist sehr, sehr groß. So groß, dass du dein ganzes Leben lang in eine Richtung gehen könntest, ohne jemals ans Ende zu gelangen.

Viel zu groß, um jemanden zu finden, wenn man keine Anhaltspunkte hat, wo er ist. Aber es gibt einen Ort, wo wir anfangen könnten, nach ihr zu suchen."

„Und wo ist das?"

„Im Wüstendorf."

„Aber niemand weiß, wo das Wüstendorf liegt", wendet Kolle ein. „Oder ob es überhaupt eins gibt. Mein Vater hat davon gesprochen, dass es in alten Aufzeichnungen erwähnt wird, aber Magolus sagt, es sei bloß eine Legende."

„Glaub mir, das Wüstendorf ist keine Legende. Aber es ist ein weiter und gefährlicher Weg bis dahin. Und es ist keineswegs sicher, dass die Bewohner dort wissen, wo Ruuna jetzt ist."

„Wieso muss es eigentlich immer ein weiter und gefährlicher Weg sein, wenn man in Schwierigkeiten ist und dringend ein Hilfsmittel braucht?", beschwert sich Kolle. „Warum kann diese Ruuna nicht einfach hinter dem nächsten Hügel wohnen? Wer denkt sich diesen Mist bloß immer aus?"

„Magolus würde sagen, Notch hat dir eine Prüfung auferlegt, Kolle", meint Willert.

„Der kann mich mal, dieser Notch! Wenn es ihn überhaupt gibt!"

Primo hat so seine Zweifel, dass alles, was Magolus ihnen über den Schöpfer erzählt hat, richtig ist, aber das geht ihm nun doch zu weit. „Kolle! Sowas darfst du nicht sagen!"

„Ist doch wahr!", entgegnet sein Freund trotzig. „Wenn der Schöpfer nett wäre, dann hätte er keine Nachtwandler gemacht, die uns beißen wollen, oder Knochenmänner, die uns mit ihren Pfeilen beschießen, oder Knallschleicher, die uns in die Luft sprengen. Dann wäre die Welt ein schöner Ort voller Blumen. Er hätte lieber kleine Tiere mit bunten Flügeln machen sollen, die von Blüte zu Blüte flattern, oder vielleicht so was Ähnliches wie Hühner, die durch die Luft fliegen und Lieder singen."

„Singende Hühner, die durch die Luft fliegen?", fragt Primo. „Ernsthaft?"

„Also ich fände das schön!"

„Ohne Zombies, Skelette und Creeper wäre die Welt jedenfalls ziemlich langweilig", meint Willert.

„Ich würde ehrlich gesagt lieber in einer langweiligen Welt als in einer, wo dauernd Monster hinter einem her sind", widerspricht Kolle.

Primo hätte dieser Aussage noch vor kurzem heftig widersprochen, doch inzwischen ist er geneigt, seinem Freund recht zu geben. Allerdings hilft das jetzt auch nicht weiter. „Wir können es uns nicht aussuchen, in welcher Welt wir leben", stellt er fest. „Und wenn Notch, der Schöpfer, uns eine Aufgabe gestellt hat, dann müssen wir eben versuchen, sie zu lösen. Also lasst uns zu diesem Wüstendorf aufbrechen, bevor Kolle sich endgültig verwandelt!"

Gesagt, getan. Die Drei packen ein paar Vorräte zusammen. Willert nimmt das Schwert aus dem Rahmen an der Wand, während Primo das krumme Ding bei sich trägt, das einmal eine Schaufel hätte werden sollen und ihm beim Angriff der Nachtwandler bereits gute Dienste geleistet hat. Kolle braucht keine Waffe, denn seine Nachtwandler-Kraft macht ihn stark. So ausgerüstet machen sie sich auf den Weg.

Willert führt sie durch den Wald bis zum Ufer des Flusses, hinter dem das Dorf liegt. Primo wirft einen sehnsüchtigen Blick zu den Häusern. Insgeheim hofft er, einen Blick auf Golina zu erhaschen, doch vergeblich.

Sie folgen dem Flusslauf ein Stück, wobei sie darauf achten, Kolle zuliebe im Schatten der Bäume zu bleiben, die auf dieser Seite das Ufer säumen. Auf der anderen Seite einer langgestreckten Wiese erhebt sich links ein Bergmassiv.

Bald erreichen sie den Rand des Waldes. Vor ihnen liegt die Ebene, auf der Primo und Kolle gestern noch versucht haben, Schafe zu scheren.

„Primo, hol mal bitte einen der Kürbisse dort drüben“, sagt Willert und zeigt auf eine kleine Ansammlung orangefarbener Würfel.

„Einen Kürbis?“, fragt Primo. „Haben wir nicht genug Proviant dabei?“

„Tu einfach, was ich dir sage!“

Primo gehorcht und schleppt einen Kürbis heran. Rasch höhlt Willert ihn mit seinem Schwert aus und schneidet ein paar Löcher hinein. Dann reicht er ihn Kolle. „Setz ihn auf deinen Kopf!"

„Was? Wieso das denn?"

„Er wird dich vor den Sonnenstrahlen schützen."

„Aber ... dann sehe ich aus wie ein Idiot!"

„Willst du lieber merkwürdig aussehen oder Kopfschmerzen haben? Nun mach schon, unser Weg ist noch weit!"

„Also gut!" Kolle setzt den Kürbis auf seinen Kopf.

„Du hast recht", kichert Primo. „Du siehst wirklich aus wie ein Idiot!"

Kolle grummelt etwas Unverständliches.

„Wenn du nicht aufhörst, deinen Freund zu ärgern, setze ich dir auch gleich einen auf!", droht Willert, doch er muss sich ebenfalls ein Grinsen verkneifen. „Jetzt kommt weiter!"

Sie treten hinaus auf die Ebene. Einige Schafe wenden ihnen neugierig ihre Köpfe zu, darunter auch das von Golina gestern geschorene. Es macht „Bäääh!", als lache es über die seltsamen Gestalten, die über die Wiese laufen. Noch einmal dreht sich Primo um und wirft einen Blick zurück zu dem Dorf, das friedlich hinter der Flussbiegung liegt. Ob er wohl jemals dorthin zurückkehren wird?

Für einen Augenblick glaubt er, eine Gestalt am fernen Ufer stehen zu sehen, die ihm zuwinkt.

Golina? Er winkt zurück, doch im nächsten Moment ist er sich schon nicht mehr sicher, ob sie es wirklich war.

„In diesem blöden Kürbis ist es heiß!“, beschwert sich Kolle. „Und ich kann fast nichts ...“

Bevor er den Satz beenden kann, stolpert er und fällt bäuchlings in einen kleinen Teich. Primo bekommt einen Lachkrampf.

„Sehr witzig!“, schimpft Kolle. „Versuch du mal, mit so einem blöden Ding auf dem Kopf herumzulaufen! Man kann nicht sehen, wohin man tritt!“

„Glaub mir, du wirst noch froh sein, dass du den Kürbis hast“, meint Willert. „Bleib am besten hinter mir, dann wird es schon gehen. Und du, Primo, hör endlich auf zu gackern wie ein Huhn!“

Doch das ist leichter gesagt als getan. Der triefend nasse Kolle mit dem Kürbis auf dem Kopf sieht einfach zu lustig aus. Immer noch kichernd folgt Primo den anderen. Sie gehen am Fuß des Gebirges zu ihrer Linken entlang und erreichen schließlich einen Wasserlauf, den alle im Dorf nur den Ostfluss nennen.

„Moment mal!“, sagt Primo. „Hast du nicht gesagt, das Wüstendorf ist im Norden? Wir sind aber nach Osten gegangen!“

„Gut beobachtet“, stellt Willert fest. „Genau genommen liegt das Wüstendorf im Nordosten. Wir hätten auch übers Gebirge klettern können, aber dieser Weg ist leichter. Vorerst jedenfalls."

Sie durchqueren den Fluss und erreichen den Ausläufer des großen Waldes, der im Osten die Ebene begrenzt. Noch einmal wirft Primo einen Blick zurück. Bis zum Rand des Flusses ist er schon ein paar Mal gegangen, doch er hat ihn noch nie durchquert. Nun verlässt er endgültig das vertraute Gebiet, in dem er aufgewachsen ist.

Sobald sie im Schatten der Bäume sind, nimmt Kolle den Kürbis ab. „Puh!", sagt er. „Endlich bin ich das blöde Ding los!"

Er macht Anstalten, den Kürbis wegzuwerfen, doch Willert hält ihn zurück. „Ich sagte doch schon, du wirst noch froh sein, ihn zu haben!"

„Aber wir sind doch jetzt im Wald!", beschwert sich Kolle. „Müssen wir etwa noch mal eine Ebene durchqueren?"

„Es gibt Schlimmeres als das", meint Willert.

Der Ostfluss macht eine Biegung und verläuft am Fuß des Gebirges entlang weiter nach Osten. Sie folgen seinem Ufer.

„Was ist das für ein seltsames Rauschen?", fragt Primo.

Die Antwort erhält er wenige Augenblicke später: Auf der anderen Seite des Flusses ergießt sich ein breiter Wasserfall den Gebirgshang hinab. Einen

Moment betrachten sie stumm das Schauspiel, dann führt Willert sie weiter.

Als die Sonne im Zenit steht, erreichen sie das Ende des Waldes. Der Fluss macht hier eine Biegung nach Süden. Am anderen Ufer erstreckt sich eine weite, hügelige Ebene, die aus nichts als Sand zu bestehen scheint.

„Was ist das denn?“, fragt Kolle.

„Das ist die Wüste“, erklärt Primo. Er hat noch nie eine Wüste gesehen, doch sein Vater hat ihm davon erzählt. Allerdings hatte er sie sich nicht so riesig vorgestellt.

„Ich weiß selber, was eine Wüste ist“, sagt Kolle. „Ich meinte das da!“ Er zeigt auf ein Gebilde, das aus dem Sand herausragt und entfernt an die Dorfkirche erinnert. Allerdings scheint es ganz aus Sandstein zu bestehen und hat statt nur einem Turm zwei, die mit merkwürdigen Mustern aus rotem Stein verziert sind.

„Das Wüstendorf!“, ruft Primo aus. „Wir haben es gefunden! War ja gar nicht so weit, wie ich dachte!“

„Das ist nicht das Wüstendorf“, entgegnet Willert. „Es ist ein alter, verlassener Tempel. Von dem halten wir uns besser fern!“

„Ein verlassener Tempel?“, ruft Primo aus, und für einen Moment packt ihn wieder die alte Abenteuerlust. „Ob da wohl verborgene Schätze drin sind?“

„Der Sage nach soll es dort tatsächlich einen Schatz geben", erklärt Kolle. „Angeblich sind schon viele aufgebrochen, um ihn zu suchen, doch es ist noch niemand zurückgekehrt."

„Vielleicht sollten wir mal nachsehen", schlägt Primo vor. „Nur mal kurz, meine ich."

„Das werden wir bestimmt nicht tun!", entscheidet Willert. „Schätze könnt ihr später suchen, wenn Kolle geheilt ist. Jetzt müssen wir erstmal die Wüste hinter uns bringen, und glaubt mir, das wird abenteuerlich genug!"

4. Durch die Wüste

Nachdem sie den Fluss durchquert haben, marschieren sie nach Norden. Im ersten Moment findet Primo die Wüste aufregend und auf eine seltsame Weise schön. Er kann sich noch erinnern, wie er früher als kleines Kind im Sand am Flussufer gespielt hat. Doch schon nach ein paar Schritten merkt er, dass das Laufen auf dem weichen Untergrund beschwerlich ist, denn bei jedem Schritt sinkt man ein wenig ein. Außerdem wird ihm bald heiß.

„Können wir mal eine Pause machen?“, bittet er. „Wir stapfen jetzt schon seit Ewigkeiten durch diese öde Wüste.“

„Seit Ewigkeiten?“, fragt Willert. „Wir sind doch gerade erst losmarschiert!“

Primo dreht sich um und starrt verblüfft auf den Waldrand, der viel näher hinter ihnen liegt, als er erwartet hatte. Die Wüste scheint sein Zeitgefühl zu verwirren.

„Lasst uns lieber weitergehen!“, sagt Willert. „Wir müssen vor Anbruch der Nacht einen sicheren Unterschlupf finden.“

Mühsam stapfen sie weiter, überqueren Berge aus Sand und kommen an seltsamen Gebilden vorbei, die wie grüne, aufeinandergestapelte Kürbisse aussehen, jedoch spitze Stacheln haben.

„Ich kann nicht mehr!“, keucht Kolle, als sie einen weiteren Sandberg erklommen haben. „Mir ist so heiß in diesem Kürbis! Ich muss ihn abnehmen, nur kurz!“

„Nein!“, widerspricht Willert scharf. „Die Sonne brennt hier in der Wüste intensiver als in der Ebene. Es könnte dich töten, wenn du ihren Strahlen direkt ausgesetzt bist!“

„Aber mir platzt gleich der Schädel hier drin!“

„Besser du schwitzt als du brennst“, meint Primo. „Außerdem ist mir genauso heiß. Ich wünschte fast, ich hätte auch einen Kürbis, den ich mir auf den Kopf setzen könnte.“

„Du kannst gern meinen haben“, grummelt Kolle, doch er macht keine Anstalten, ihn tatsächlich abzunehmen.

Mühsam schleppen sie sich weiter. Die Wüste scheint kein Ende zu nehmen. Inzwischen findet Primo all den Sand nicht mehr schön, sondern nur noch erdrückend.

„Die Sonne steht schon tief“, stellt Willert fest. „Ich hatte gehofft, dass wir die Wüste bis Sonnenuntergang durchquert haben, aber das schaffen wir nicht mehr.“

„Ich bin froh, wenn die blöde Sonne endlich untergeht“, meint Kolle.

„Nachts ist es hier besonders gefährlich“, erwidert Willert. „Die Monster können uns schon von Weitem sehen, und es gibt kaum Versteckmöglichkeiten.“

„Können wir nicht eine Hütte bauen, in der wir die Nacht verbringen?“, schlägt Primo vor.

„Dafür haben wir nicht genug Material.“

„Aber hier ist doch jede Menge Sand!“

„Aus Sand kann man keine Hütten bauen. Kommt, vielleicht haben wir Glück und finden einen Unterschlupf!“

Tapfer trotten Primo und Kolle hinter ihrem Anführer her. Allmählich färbt sich der Sand um sie herum golden, dann orangerot.

Plötzlich bleibt Willert stehen und zeigt auf ein Gebilde in der Nähe, das Primo für einen Sandhügel gehalten hatte. „Na bitte“, ruft er aus. „Da vorne ist ein Brunnen. Dort können wir die Nacht verbringen. Es ist nicht sehr gemütlich, aber wenigstens verdursten wir nicht. Kommt schnell, bevor die Sonne endgültig untergeht!“

Als sie sich dem Gebilde nähern, erkennt Primo ein kleines Dach auf vier Säulen. Der Boden ist mit angenehm kühlem Wasser bedeckt. Erleichtert nimmt Kolle den Kürbis ab. Wer auch immer dieses Bauwerk hier mitten in die Wüste gebaut hat, Primo ist ihm unendlich dankbar.

Willert befestigt eine Fackel an einer der Säulen. „Helft mir, die Seitenwände mit Sand abzudichten!“

„Ich dachte, aus Sand kann man keine Häuser bauen?“, fragt Primo.

„Man kann daraus kein Dach über dem Kopf herstellen, aber Wände schon. So können wir uns vor Monstern schützen.“

Rasch schichten sie zwischen den Säulen Sand auf. Nur an einer Stelle oben unter dem Dach lassen sie ein Loch. „Damit wir erkennen können, wann es hell wird“, erklärt Willert.

Als sie ihre behelfsmäßige Unterkunft abgedichtet haben, ist die Sonne bereits untergegangen. Man hört das Stöhnen und Knochenklappern der Monster, die durch die nächtliche Wüste streifen. Die Gefährten teilen sich einen Laib Brot zum Abendessen. Während sie im flachen Wasser stehen, wirft Primo immer wieder sorgenvolle Blicke auf Kolle. Sein Freund sieht zwar blass und erschöpft aus, doch es gibt keine Anzeichen, dass er sich in einen Nachtwandler verwandelt.

Nach einer Weile fängt Primo an zu zittern. „Mir ist kalt!“

„So ist das nun mal in der Wüste“, erklärt Willert. „Tagsüber ist es heiß, nachts ist es kalt.“

„Warum ist das so?“, fragt Kolle.

„Das weiß Notch allein.“

„Die Wüste ist blöd!“, grummelt Kolle. „Und dieser Brunnen ist ein schlechter Unterschlupf! Wie sollen wir denn hier im Wasser schlafen?“

„Gar nicht“, erwidert Willert, „und das ist vielleicht auch besser so. Dann hast du jedenfalls keine bösen Träume.“

Frierend, die Arme eng um sich geschlungen, stehen die drei Freunde im Wasser und warten darauf, dass es endlich wieder hell wird. Doch die Nacht scheint nicht enden zu wollen.

„Wer hat eigentlich diesen Brunnen gebaut?“, fragt Kolle irgendwann. „Und den alten Tempel, an dem wir vorbeigekommen sind?“

„Das weiß niemand“, sagt Willert.

„Mein Vater könnte es wissen“, widerspricht Kolle. „Er liest viel in den alten Büchern, die von früheren Zeiten berichten. Ich habe immer gedacht, er verschwendet seine Zeit, wenn er sich mit Dingen beschäftigt, die vor Ewigkeiten passiert sind. Aber ich glaube, ich habe mich getäuscht.“ Er seufzt tief. „Wenn ich jemals gesund in unser Dorf zurückkehren sollte, werde ich auch all die Bücher lesen. Vielleicht finde ich dann heraus, wer diesen Brunnen gebaut hat.“

Willert nickt. „Vieles in unserer Welt ist geheimnisvoll. Manchmal frage ich mich, ob das alles irgendeinem verborgenen Zweck dient.“

„Was für einem Zweck denn?“, fragt Primo.

„Ich weiß es nicht“, erwidert Willert. „Aber der Fremde, den ich einst traf, hat mir erzählt, dass unsere Welt nicht die wirkliche ist.“

„Was meinte er denn damit?", will Kolle wissen. „Dieser Brunnen, die Wüste, die Monster, die da draußen herumlaufen, du und ich – wie könnte das alles nicht wirklich sein?"

„Das kann ich dir auch nicht erklären. Er sagte, wir Dorfbewohner könnten das nicht verstehen. Und dann hat er noch gesagt, die Welt, aus der er kommt, sei vielleicht genauso wenig die Wirklichkeit wie unsere."

„Wo ist er eigentlich?", fragt Primo.

„Wo ist wer?", antwortet Kolle.

„Der Fremde, der neulich im Dorf war."

„Die Fremden gehen oft ihre eigenen Wege und bleiben nicht lange an einem Ort", stellt Willert fest. „Sie erforschen unsere Welt. Ich glaube, das macht ihnen Spaß. Der Fremde, den ich damals traf, hatte vor, ins Ende zu reisen und den Enderdrachen zu besiegen. Stellt euch das mal vor!"

„Ich dachte immer, das mit dem Enderdrachen sei nur ein Märchen", bemerkt Kolle.

„Vielleicht ist es das auch", erwidert Willert. „Bei den Fremden kann man nie so genau wissen, ob sie einem die Wahrheit sagen oder nicht. Aber ich glaube, er meinte es ernst."

„Und wie wollte er dorthin kommen, ins Ende?", fragt Primo.

„Das hat er mir nicht verraten."

Sie unterhalten sich eine Weile. Primo versucht, mehr darüber herauszufinden, warum Willert einst das Dorf verlassen musste, doch der Einsiedler weicht seinen Fragen aus und bleibt schweigsam.

Allmählich verblasst das schmale Stück Himmel, das sie durch die Öffnung unter dem Brunnendach sehen können. Kurz darauf hört man das aufgeregte Stöhnen und Klappern der Monster, die von den Sonnenstrahlen versengt werden.

„Ich glaube, wir können jetzt aufbrechen“, sagt Willert. „Setz deinen Kürbis wieder auf, Kolle.“

„Muss ich wirklich?“

„Ja.“

Kolle stöhnt, aber er gehorcht. Bevor sie sich auf den Weg machen, entfernen sie noch den Sand aus den Zwischenräumen der Säulen. Primo und Kolle maulen über diese ihrer Ansicht nach sinnlose Tätigkeit, doch Willert besteht darauf.

„Vielleicht durchquert eines Tages jemand anderes die Wüste und braucht einen Unterschlupf oder Wasser“, erklärt er. „Dann würde er den Brunnen vielleicht nicht erkennen, wenn die Öffnungen mit Sand verstopft sind.“

Endlich setzen sie ihren Weg durch die Wüste fort. Bald sieht Primo in der Ferne einen steilen Berg aufragen, dessen Gipfel sogar die Wolken überragt. Staunend betrachtet er das gigantische Felsmassiv.

„Der ist aber riesig“, stellt er fest.

„Das ist er wirklich“, erwidert Willert. „Man nennt ihn den Himmelsturm. Manche glauben, Notch selbst habe auf dem Gipfel einen Tempel errichtet, und wer es schafft, den Berg zu erklettern, kann dort mit ihm reden. Doch niemand ist je da oben gewesen.“

„Wie denn auch“, kommentiert Kolle. „Um dort hinaufzukommen, müsste man ja fliegen können!“

Endlich erreichen sie einen breiten Fluss, der den Rand der Wüste markiert. Kolle blickt sehnsüchtig auf den Wald auf der anderen Seite, doch Willert führt sie am linken Ufer entlang durch eine mit dürrem, braunem Gras bestandene Ebene, aus der das gewaltige Felsmassiv des Himmelsturms steil herausragt. Vereinzelte Bäume mit langen Stämmen und seltsamen, flachen Blätterkronen bieten nicht genug Schatten, so dass Primos Freund seinen Kürbis weiter aufbehalten muss.

Neben dem Himmelsturm erhebt sich ein weiterer, nicht ganz so hoher Berg, aus dem sich ein breiter Lavastrom in die Ebene ergießt. Die drei Freunde machen einen weiten Bogen darum. Ihr Weg führt sie am Rand eines Sumpfgebiets entlang.

„Was war das denn?“, fragt Kolle plötzlich und zeigt auf das Wasser.

„Was?“, fragt Primo.

„Da war so ein schwarzes Ding ... mit vielen Armen ...“

„Du willst mir bloß Angst einjagen!“

„Nein, ehrlich. Es hatte ein riesiges Maul mit vielen Zähnen ..."

„Nun hör endlich auf, Kolle! Ich finde diese Reise auch so schon abenteuerlich genug. Wenn du mir jetzt noch irgendwelche Märchen ..."

Weiter kommt er nicht, denn in diesem Moment taucht tatsächlich ein schwarzes, nass glänzendes Ungetüm aus dem Wasser auf. Es hat einen länglichen Körper mit zwei großen, weißen Augen und acht lange, dünne Arme.

„Ich ... ich hab nicht gewusst, dass es im Wasser Spinnen gibt!", ruft Primo aus. „Die ... die können doch nicht etwa an Land kommen?"

„Das ist keine Spinne, das ist ein Tintenfisch", erklärt Willert. „Die sind harmlos."

„Harmlos? Bist du sicher? Diese Arme sehen so aus, als ob das Monster einen damit packen und ins Wasser ziehen könnte ..."

„Keine Angst, der tut dir nichts. Jetzt kommt, wir sind noch nicht am Ziel!"

Als sie einen Ausläufer des Himmelsturm-Felsmassivs am Ufer des Sumpfes umrunden, bleiben Primo und Kolle abrupt stehen. Ein gedämpftes Stöhnen klingt aus dem Kürbis.

„Oh nein!", ruft Primo aus. Entsetzt starrt er auf die Landschaft, die sich vor ihnen erhebt: endlose Berge aus Sand.

5. Fremde

„Keine Angst!“, muntert Willert die beiden auf. „Es ist nicht mehr weit.“

Primo blickt ihn skeptisch an, sagt jedoch nichts. Es bleibt ihm nichts anderes übrig, als ihrem Führer zu folgen.

Es stellt sich heraus, dass der Weg nicht so anstrengend ist wie befürchtet. Willert führt sie am Ufer eines kleinen Flusses entlang, der zu Füßen des gewaltigen Himmelsturm-Massivs verläuft. Die Sandberge lassen sie rechts liegen. Als sie eine Stelle erreichen, an der ein großer Überhang aus Sand ihren Weg überragt, wird Primo ein bisschen mulmig.

„Sagtest du nicht, aus Sand kann man keine Dächer bauen?“, fragt er.

Willert nickt. „Das stimmt.“

„Wieso kann dann dieser Sand hier wie ein Dach unseren Weg überragen?“

Der Einsiedler sieht misstrauisch nach oben, so als sei er sich nicht sicher, ob das Dach nicht im nächsten Moment einstürzen und sie unter sich begraben könnte. „Lasst uns lieber beeilen!“, mahnt er.

Rasch hasten die Drei unter dem Überhang hindurch. Als sie den Sandberg umrunden, hüpft Primos Herz vor Freude: in der Ferne sind Häuser zu erkennen! Zwar sehen sie anders aus als die in seinem Heimatdorf, doch die Formen sind unverkennbar. Sogar ein Kirchturm erhebt sich zwischen den Dächern. Das Wüstendorf liegt an der Küste eines Meeres, das sich nach Westen ausbreitet.

„Hurra! Wir haben es geschafft!“, ruft Kolle aus.

Willert sagt nichts. Aus irgendeinem Grund scheint er sich nicht besonders darüber zu freuen, dass sie ihr Ziel endlich erreicht haben.

Als sie sich dem Dorf nähern, treten einige der Dorfbewohner aus ihren Häusern. Sie sehen genauso aus, wie die Bewohner von Primos Heimatdorf; auch ein Priester ist unter ihnen. Doch sie blicken die Neuankömmlinge misstrauisch mit verschränkten Armen an.

„Überlasst mir das Reden!“, raunt Willert. Er tritt vor, verbeugt sich leicht und sagt: „Guten Tag!“

Ein Murmeln geht durch die versammelten Dorfbewohner. Primo kann nur Wortfetzen aufschnappen: „Fremde ... wollen die hier ... Vorsicht ... gefährlich ...“. Niemand erwidert die Begrüßung.

„Wir suchen Ruuna, die Hexe“, sagt Willert. „Könnt ihr uns vielleicht sagen, wo wir sie finden?“

Der Priester tritt vor. „Ihr seid Fremde! Wir sagen euch nichts. Da könnte ja jeder kommen!“ Seine Aussprache ist seltsam; das E spricht er wie ein in die Länge gezogenes Ä aus: Ihr seid Främdä! Wir sagän euch nichts! Da könntä ja jädär kommän!

„Aber wir sind keine Fremden!", ruft Primo. „Wir kommen aus dem Dorf an der Schlucht!" Willert wirft ihm einen warnenden Blick zu.

„Ihr seid nicht von hier, also seid ihr Fremde. Geht weg!"

„Wir brauchen eure Hilfe. Wir müssen Ruuna finden, um meinem Freund Kolle zu helfen. Er ist krank!"

„Das sehe ich. Notch hat ihn mit einem Kürbiskopf gestraft. Das ist eine schlimme Krankheit. Aber niemand kann die Kürbiskopfkrankheit heilen."

„Nein, nein! Den Kürbis trägt er nur zu seinem Schutz! In Wirklichkeit wurde er von einem Nachtwandler gebissen und ist dabei, sich zu verwandeln, aber ..."

Die Bewohner des Wüstendorfs rufen wild durcheinander.

„Er wurde von einem Nachtwandler gebissen! Er verwandelt sich!"

„Er wird uns alle auffressen!"

„Er ist von Notch verflucht!"

„Ich glaube, ich habe noch einen Hühnerbraten in meinem Ofen. Ich muss schnell mal nachsehen!"

Die Dorfbewohner rennen in alle Richtungen und verstecken sich in ihren Häusern. Im Nu ist die Dorfstraße wie leergefegt.

„Na bravo!", sagt Willert. „Hatte ich nicht gesagt, ihr sollt mir das Reden überlassen?"

„Es ... es tut mir leid", stammelt Primo. „Ich wollte doch bloß ..."

„Schon gut. Du kannst ja nichts dafür. Sie sind nun mal genauso argwöhnisch gegenüber allem, was sie nicht kennen, wie die Leute in unserem Dorf."

Betreten blickt Primo zu Boden. Er hatte sich noch vor kurzem gewünscht, ein Fremder zu werden. Nun, wo er dieses Ziel erreicht hat, findet er es allerdings gar nicht mehr so toll.

„Heißt das, es war alles umsonst?", fragt Kolle. „Wir müssen den ganzen Weg wieder zurückgehen?"

„So schnell geben wir nicht auf!", sagt Willert. „Vielleicht finden wir ja doch noch jemanden, der bereit ist, uns zu helfen."

Doch als sie durch das Dorf gehen, spüren sie die misstrauischen Blicke der Bewohner, die sie durch die Fenster beobachten. Willert klopft an einige Türen, aber niemand öffnet ihnen.

Schließlich gelangen sie zur Dorfkirche, die fast am Ende der Dorfstraße liegt. Durch das Türfenster betrachtet sie der Priester mit finsterem Blick.

Willert klopft an die Tür. „Im Namen Notchs, des Schöpfers, bitte ich um Einlass!"

„Fremde haben hier keinen Zutritt!", antwortet der Priester. „Geht weg!"

„Aber im Heiligen Buch heißt es doch: ‚Vor Notch, dem Schöpfer, sind alle gleich'!", ruft Primo. „Wir haben ein Recht darauf, in der Kirche zu beten!"

„Dies ist die Kirche unseres Dorfes. Sie ist nur für uns da, nicht für Fremde! Ihr habt hier keinen Zutritt!“

„Ihr müsst uns doch bloß sagen, wo diese ...“, beginnt Primo, doch Willert fasst ihn am Arm.

„Lass es gut sein. Die wollen uns nun mal nicht helfen. Wir werden Ruuna eben allein finden müssen.“

„Aber das schaffen wir nie!“, stöhnt Kolle. „Ich ... ich kann spüren, wie die Verwandlung fortschreitet. Ich ... bei Notch, ich spüre diese Wut in mir ... sie wird immer größer!“

„Da vorn sind zwei Häuser, bei denen wir es noch nicht probiert haben“, sagt Primo. „Vielleicht sollten wir ...“

„Wir verschwenden hier bloß unsere Zeit“, unterbricht ihn Willert. „Es war ein Fehler, herzukommen. Ich hätte wissen müssen, dass die Bewohner hier immer noch genauso stur sind wie damals!“

„Was war denn damals?“, fragt Primo.

Willert geht nicht darauf ein. „Kommt, lasst uns nach Norden gehen. Vielleicht haben wir ja Glück und finden einen Hinweis darauf, wo Ruuna hingegangen ist.“

Gerade, als sie sich umwenden, um über die Ebene hinter dem Dorf Richtung Norden zu wandern, hört

Primo eine zaghafte Stimme hinter sich: „Hallo, Fremde! Wartet mal!“

Er dreht sich um. In der Tür des Hauses neben der Kirche steht ein Mädchen. Sie ist etwa so alt wie Kolle und Primo und trägt den weißen Kittel einer Bibliothekarin.

„Kannst du uns vielleicht helfen?“, fragt Primo. „Wir suchen eine Hexe namens Ruuna!“

„Ich kenne keine Ruuna“, antwortet sie. „Aber ich habe viele Bücher. Vielleicht finden wir darin einen Hinweis. Kommt doch herein!“ Auch sie spricht das E wie ein Ä aus, wie es anscheinend alle Bewohner des Wüstendorfs tun.

Dankbar nehmen Primo, Kolle und Willert die Einladung an. Das Haus ist behaglich eingerichtet. Über zwei Tischen mit Bänken sind lange Regale mit Büchern angebracht.

„Ich bin Primo, und das da sind Willert und mein bester Freund Kolle.“

„Ich heiße Margi. Wo kommt ihr her? Ich habe noch nie Fremde gesehen!“

„Wir kommen aus dem Dorf an der Schlucht. Es liegt südlich von hier.“

„Ist es ein weiter Weg bis dorthin?“

„Ja, ziemlich! Warum fragst du?“

„Ich möchte so gerne einmal etwas anderes sehen als nur dieses Dorf. In meinen Büchern sind so viele Dinge beschrieben, die ich noch nie gesehen habe.

Ihr habt bestimmt viel erlebt. Wollt ihr mir davon erzählen?“

Primo betrachtet das Mädchen. Sie ist nicht so hübsch wie Golina, aber in ihren Augen glaubt er dieselbe Abenteuerlust zu erkennen, die auch ihn immer angetrieben hat.

„Fremdsein wird überbewertet“, sagt er. „Du kannst froh sein, dass du nicht da draußen herumirren musst.“

„Aber hier im Dorf ist es so langweilig! Und die Leute hier interessieren sich nicht für meine Bücher. Ich möchte auch andere Länder sehen, so wie ihr!“

„Lebst du hier ganz allein?“, fragt Willert.

„Meine Eltern wurden beide von Nachtwandlern getötet, als ich noch klein war. Ich habe nur noch die Bücher, die früher ihnen gehörten.“

„Glaubst du, in einem der Bücher steht, wo Ruuna hingegangen ist?“, fragt Primo.

„Reden eigentlich alle so komisch in dem Dorf, wo ihr herkommt?“, will Margi wissen.

„Für uns bist du es, die komisch redet“, erwidert Primo.

Sie lacht. „Ich, komisch? Und dein Freund da, mit dem Kürbis auf dem Kopf, der ist normal oder was?“

Kolle nimmt den Kürbis ab. Primo bekommt einen Schreck, als er das Gesicht seines Freundes sieht. Es ist hellgrün. Er rechnet damit, dass Margi vor Angst schreiend aus dem Haus rennt, doch stattdessen betrachtet sie Kolle neugierig.

„Warum bist du so grün im Gesicht?“, fragt sie.

„Ich wurde von einem Nachtwandler gebissen“, erwidert Kolle.

„Warum hast du dich dann nicht in einen verwandelt?“

„Willert hat mir Tränke gegeben, die Ruuna vor langer Zeit hergestellt hat. Sie haben die Verwandlung verzögert, aber nicht aufgehalten.“

„Wie viel Zeit bleibt dir noch?“

„Das weiß ich nicht. Aber viel bestimmt nicht. Wir müssen Ruuna so schnell wie möglich finden.“

„Gut, dann beeilen wir uns besser“, sagt Margi. „Ich helfe euch herauszufinden, wo Ruuna ist. Aber unter einer Bedingung.“

„Und die wäre?“, fragt Willert.

„Ich komme mit, wenn ihr sie sucht!“

Willert schüttelt den Kopf. „Das kann ich nicht zulassen. Das ist viel zu gefährlich.“

„Warum?“, fragt Margi. „Warum ist das viel zu gefährlich für mich, aber nicht für Kolle und Primo?“

„Weil ... na, weil du eben ...“, stottert Kolle.

„Weil ich ein Mädchen bin? Glaubt ihr etwa, ihr seid klüger als ich?“

„Nein, aber ...“

„Nichts aber! Entweder ich komme mit oder ihr sucht Ruuna ohne meine Hilfe!“

Willert seufzt. „Also schön, wenn du unbedingt willst."

Margi strahlt über das ganze Gesicht. „Heute ist der schönste Tag meines Lebens! Ich habe großes Glück, dass ihr in unser Dorf gekommen seid!"

„Da bin ich mir nicht so sicher", sagt Primo.

Sie übergeht den Einwand und lässt ihren Blick über die langen Buchreihen wandern. Primo, der weiß, wie lange Kolles Vater braucht, um in dem Durcheinander seiner Regale ein Buch zu finden, stellt sich auf eine längere Wartezeit ein. Doch Margi greift zielstrebig nach einem dicken Band und legt ihn auf den Tisch.

„Das hier ist die Chronik unseres Dorfes", erklärt sie. „Mein Vater hat sie geführt, bevor er starb. Da steht alles drin, was in unserem Dorf passiert ist."

„Und seitdem?", fragt Willert. „Führst du die Arbeit deines Vaters fort?"

Margi schüttelt den Kopf. „Nein. Was hier im Dorf passiert, ist viel zu langweilig! Ich schreibe lieber Geschichten auf, die ich mir ausgedacht habe: von tapferen Helden, die große Gefahren auf sich nehmen, damit sie die Liebe eines Mädchens gewinnen, und die dafür in den Nether gehen müssen und sogar bis ins Ende und gegen den Enderdrachen kämpfen."

Primo kann sich kaum etwas Unsinnigeres vorstellen, als Geschichten aufzuschreiben, die man sich bloß ausgedacht hat. Wer sollte denn so etwas lesen wollen? Aber er behält seine Meinung lieber für sich.

Margi blättert in dem Buch. Nach einer Weile zeigt sie auf eine Seite. „Ah, hier, das ist interessant." Sie liest vor: *„Heute ist ein Fremder ins Dorf gekommen. Er sagt, sein Name sei Willert und er komme aus einem Dorf im Süden, am Rand einer Schlucht."*

„Willert!", ruft Primo überrascht aus. „Margis Vater hat aufgeschrieben, dass du schon mal hier warst!"

„Natürlich hat er das", sagt Margi. „Wie ich schon sagte, er hat alles aufgeschrieben, was hier passiert ist."

„Lies weiter!", bittet Kolle.

„Die meisten Dorfbewohner mögen keine Fremden. Sie haben Willert gesagt, er solle fortgehen", fährt Margi fort. *„Nur Ruuna sprach sich dafür aus, dass er bleiben darf."*

„Ruuna!", entfährt es Primo. „Du hast sie hier kennengelernt?"

„Das ist doch jetzt nicht so wichtig", erwidert Willert, dem das alles unangenehm zu sein scheint. „Kannst du nicht ein wenig vorblättern bis zu der Stelle, wo Ruuna das Dorf verlässt?"

„Nein, lies bitte weiter", sagt Kolle. „Ich will wissen, was damals passiert ist."

Margi fährt fort: *„Ruuna hat Willert eingeladen, bei ihr im Haus zu wohnen. Die anderen Dorfbewohner waren darüber nicht froh. Heute hat irgendjemand ein Huhn in der Kiste versteckt, in der unser Priester das Heilige Buch ...* Nein, das hat nichts mehr mit Ruuna zu tun.“ Sie blättert durch die Seiten. „Ah, hier geht es weiter: *Ruuna und Willert sind heute zu Priester Fordus gegangen und haben ihm gesagt, dass sie heiraten wollen.“*

„Du hast die Hexe geheiratet?“, fragt Kolle ungläubig.

„Damals war sie noch keine Hexe“, sagt Willert. „Und außerdem ist es nie zur Hochzeit gekommen. Lies weiter, Margi. Jetzt könnt ihr auch die ganze Geschichte erfahren.“

„Fordus sagte, dass die beiden niemals heiraten könnten, weil Willert ein Fremder sei“, fährt Margi fort. *„Willert und Ruuna waren darüber sehr traurig. Sie beschlossen, das Dorf zu verlassen und nach Süden zu gehen.* Moment ... ah, hier geht es weiter. *Heute ist ein starkes Gewitter über das Dorf gezogen. Alle Dorfbewohner blieben in ihren Häusern, doch Ruuna und Willert gingen trotz des schlechten Wetters nach draußen. Ruuna wurde von einem Blitz getroffen.“*

„Ruuna ist von einem Blitz getroffen worden?“, fragt Primo.

Willert nickt. „Es war der Tag, an dem wir das Dorf verlassen wollten. Als das Gewitter aufzog, bat ich Ruuna, noch zu warten. Doch sie sagte, sie hätte keine Angst vor ein bisschen Blitz und Donner." Sein Blick geht ins Leere, als er sich erinnert. „Sie hatte nie vor etwas Angst. Sie war so lebensfroh ..."

„Was geschah dann?", fragt Primo sanft.

„Sie brach auf dem Feld zusammen. Erst dachte ich, sie sei tot. Ich brachte sie zurück in ihr Haus. Der Priester kam und betete zu Notch, und da wachte sie wieder auf. Doch sie hatte den Verstand verloren. Sie begann, mit Tränken zu experimentieren. Sie wollte unbedingt fliegen lernen, damit sie oben auf den Himmelsturm hinaufgelangen und mit Notch sprechen konnte. Ich versuchte, sie zur Vernunft zu bringen, doch wir gerieten jedes Mal in Streit, wenn ich ihr widersprach. Von einer Hochzeit oder davon, mit mir ins Dorf am Rand der Schlucht zurückzukehren, wollte sie nichts mehr wissen. Irgendwann fing sie an zu glauben, ich sei ein Nachtwandler, der sich als Dorfbewohner verkleidet habe. Schließlich blieb mir nichts anderes übrig, als allein fortzugehen. Was danach geschah, weiß ich nicht. Ich kam später noch einmal hierher zurück in der Hoffnung, dass sie von ihrem Wahnsinn geheilt sein könnte. Doch sie war fortgegangen, und niemand wollte mir sagen, wohin. Die Dorfbewohner glaubten, ich sei schuld an ihrem Zustand. Ich erfuhr nur, dass sie nach Norden gegangen war."

„Steht in dem Buch vielleicht, wo sie hingegangen ist?", fragt Primo.

Margi blättert vor. „Moment, hier: *Die Dorfbewohner sind zunehmend beunruhigt wegen Ruunas Experimenten mit Zaubertränken. Gestern ist schon wieder einer ihrer Tränke explodiert. Heute sagte Fordus ihr, dass sie das Dorf verlassen muss. Sie packte ihre Sachen ohne Widerrede und ging Richtung Norden.* Mehr steht hier nicht."

„Mist!", entfährt es Primo. „Dann sind wir so schlau wie zuvor."

„Blätter mal weiter vor", bittet Willert. „Vielleicht wird sie noch einmal irgendwo erwähnt."

Margi überfliegt die folgenden Seiten. Schließlich zeigt sie auf eine Stelle weit hinten im Buch. „Hier steht noch einmal ihr Name: *Alf sagt, er habe Ruuna gesehen. Sie habe in der Wüste am Fuß des Himmelsturms gestanden und mit den Armen geflattert. Offenbar versuchte sie, zu fliegen. Er sagte, ihre Kleidung sei sehr schmutzig gewesen und ihr Haar voller Schlingpflanzen. Er hatte Angst vor ihr und ist schnell ins Dorf zurückgekehrt.*"

Margi blättert weiter bis zum Ende des Buchs, findet jedoch keine weitere Erwähnung von Ruunas Namen mehr.

„So ein Pech!“, seufzt Kolle. „Gibt es vielleicht noch ein anderes Buch, in dem etwas über die Hexe stehen könnte?“

Sie schüttelt den Kopf. „Die anderen Bücher wurden alle geschrieben, bevor dies passiert ist.“

„Dann werden wir wohl auf gut Glück nach Norden gehen müssen. Bist du wirklich sicher, dass du mitkommen willst, Margi? Es ... es könnte nämlich sein, dass ich mich endgültig in einen Nachtwandler verwandle, und dann ...“

„Ich komme auf jeden Fall mit“, erklärt Margi. „Ich habe noch nie gesehen, wie sich jemand in einen Nachtwandler verwandelt. Das ist bestimmt interessant.“

Kolle reißt erschrocken die Augen auf. „Aber ... aber ich ...“

Margi lacht laut. „Du müsstest dein Gesicht sehen! Keine Angst, wir werden Ruuna finden, bevor du dich verwandelst. Hast du denn nicht zugehört, was ich vorgelesen habe?“

„Was meinst du?“, fragt Primo.

„Und ihr Haar voller Schlingpflanzen.“, zitiert Margi. „Wo gibt es Schlingpflanzen? Im Sumpf natürlich! Wir müssen also nur einen Sumpf im Norden suchen.“

„Ein Sumpf“, sagt Willert. „Der ungemütlichste Ort, an dem man leben kann. Das passt zu Ruuna.“

„Du bist wirklich klug“, sagt Kolle. „Ich bin froh, dass du mit uns kommst.“

Margi wird rot. Sie senkt den Blick. „Ich bin auch froh! Es ist mir eine Ehre, so tapfere Abenteurer zu begleiten.“

Nun wird auch Kolle rot, was gemischt mit dem blassen Grün seiner Haut einen dunklen Braunton ergibt. Um seine Verlegenheit zu überspielen, setzt er rasch den Kürbis auf. „Wir sollten lieber keine Zeit verlieren und uns auf den Weg machen!“

6. Ruuna

Zu viert marschieren sie über die Wiese, die sich nördlich des Dorfs erstreckt, vorbei an ein paar Kühen, die sie verwundert anglotzen. Primo ist froh, dass sie nicht über die Sandberge klettern müssen, die sich rechts von der grasbewachsenen Ebene erheben. Doch die Freude währt nicht lange, denn bald darauf endet das Grasland. Vor ihnen ragen hohe Dünen auf, die sich bis zum Meer auf der linken Seite erstrecken.

„Oh nein, nicht schon wieder Wüste!“, stöhnt Kolle.

Margi lacht. „Was hast du denn gegen die Wüste? Sie ist doch wunderschön!“

„Lauf du mal bei dieser Hitze mit einem Kürbis auf dem Kopf herum“, grummelt Kolle. „Mal sehen, wie schön du es dann noch findest!“ Doch er stapft tapfer über den Sand.

Die Berge sind steil, und das Klettern ist sehr anstrengend. Die Sonne brennt herab, als wolle sie das Land in einen riesigen Ofen verwandeln. Bald bekommt Primo Kopfschmerzen. Als sie eine große Düne überqueren und sich dahinter noch mehr Wüste erstreckt, soweit das Auge reicht, verzweifelt er beinahe. Doch ein Blick auf Kolle, der unter seinem Kürbis leise keucht, sich aber mit keinem Wort mehr beklagt, gibt ihm Kraft.

Margi scheint die Einzige zu sein, der die Strapazen nichts ausmachen. Leichtfüßig hüpft sie über die treppenartigen Sandhänge. Wenn man als Kind im Wüstendorf aufwächst, gewöhnt man sich wahrscheinlich an die Hitze und den kräftezehrenden Untergrund.

„Wer als Letzter bei dem Kaktus da vorn ist, ist ein dummes Huhn!“, ruft sie und rennt los. Keiner der anderen versucht auch nur, mit ihr mitzuhalten.

„Wenn ihr weiter so trödelt, müssen wir in der Wüste übernachten“, stellt Margi fest, und ein Schatten legt sich über ihr Gesicht. „Ich ... ich habe das noch nie getan“, fügt sie hinzu.

„Wir schon“, sagt Primo, doch er erinnert sich nur sehr ungern daran. Die Sonne steht tatsächlich bereits recht niedrig, und er ist erschöpft nach der durchwachten Nacht. „Was denkst du, Willert? Sollten wir uns nicht allmählich einen Unterschlupf suchen?“

Der Einsiedler blickt sich suchend um. „Ich weiß nicht ... Ich sehe keinen Brunnen oder etwas Ähnliches.“

„Da vorn ist ein Spalt im Boden“, sagt Margi. „Vielleicht gibt es dort eine Höhle.“

„Wo?“, fragt Primo. „Ich sehe nichts!“

„Ich zeige es euch“, erwidert sie und macht ein paar Sprünge über den Sand, bis sie an einer Bodenunebenheit stehen bleibt. Tatsächlich ist dort eine Vertiefung im Boden. Eine dunkle Öffnung führt in den Untergrund.

„Da willst du rein?“, fragt Primo. „Da können doch Monster drin sein!“

„Vielleicht sind dort Monster“, sagt Willert, „aber hier draußen wird es mit Sicherheit bald von ihnen wimmeln. Besser, wir versuchen unser Glück da unten.“

Vorsichtig nähern sie sich dem Eingang der Höhle. Primo lauscht, doch es ist kein verräterisches Stöhnen oder Knochenklappern zu hören. Das heißt allerdings nicht, dass keine Gefahr besteht.

„Ich gehe vor!“, sagt Kolle.

Willert nickt. „Hier, nimm diese Fackeln. Befestige sie an den Wänden.“

„Ich gehe mit ihm!“, beschließt Margi.

„Nein, lass ihn allein gehen“, widerspricht Willert. „Wenn tatsächlich Monster dort sind, wird er am besten mit ihnen fertig. Seit der Nachtwandler ihn gebissen hat, kann er sehr stark werden. Aber es ist gefährlich, dann in seiner Nähe zu sein.“

„Der arme Kolle!“, sagt Margi, aber es liegt auch Bewunderung in ihrer Stimme.

Sie beobachten, wie Primos Freund in der Dunkelheit verschwindet. Plötzlich hören sie ein tiefes, langgezogenes *Unngh*!

„Ein Nachtwandler!“, ruft Margi erschrocken aus.

„Oder das war Kolle“, sagt Primo düster.

„Wir müssen ihm helfen!“, drängt das Mädchen und will zum Höhleneingang laufen, doch Willert hält sie zurück.

„Wir können ihm nicht helfen!“

Erneut erklingt das dumpfe Stöhnen, dann ein lauter Schrei, ob vor Schmerz oder Wut, bleibt unklar. Polternde Geräusche, ein tiefer, trauriger Seufzer. Dann nur noch Stille.

Margi, Primo und Willert starren auf den Höhleneingang. Nichts rührt sich.

„Ich gehe jetzt da rein!“, beschließt das Mädchen.

„Bleib hier!“, rufen Primo und Willert gleichzeitig, doch sie entwindet sich ihrem Griff und rennt in die Höhle. Die beiden sehen sich kurz an, dann folgen sie ihr.

Der vordere Teil der Höhle ist mit zwei Fackeln erleuchtet, doch der hintere Teil liegt im Dunkel. Von dort erklingt jetzt ein langgezogenes *Unngh*, gefolgt von einem spitzen Aufschrei: „Kolle! Oh nein!“

Willert befestigt rasch eine weitere Fackel, in deren Licht sie Primos Freund entdecken. Sein Gesicht ist dunkelgrün, seine Augen blutunterlaufen. Der Kürbis liegt achtlos in einer Ecke der Höhle.

„Er hat sich endgültig verwandelt“, sagt Willert. Es klingt, als habe er nichts anderes erwartet.

„Wir müssen doch etwas tun!“, ruft Margi. Sie geht auf Kolle zu, der reglos dasteht.

„Bleib weg von ihm!", warnt Willert. „Er ist nicht mehr er selbst! Er wird dich töten!"

„Nein, das wird er nicht", entgegnet sie. „Das wirst du doch nicht, oder?"

Kolle – falls es überhaupt noch Kolle ist, der da steht – stößt ein warnendes *Unngh* aus.

„Bleib zurück, um Notchs Willen!", ruft Willert noch einmal. Er hat inzwischen sein Schwert gezogen.

Primo beobachtet mit angehaltenem Atem, wie sich Margi seinem Freund nähert. Der macht einen Schritt zurück, als habe er Angst vor ihr. Doch sie lässt sich nicht beirren.

„Sieh mich an!", sagt sie sanft. „Du bist kein Nachtwandler. Du bist Kolle aus dem Dorf an der Schlucht. Dein Wille ist stärker als das Gift in dir!"

Unngh, seufzt Kolle, als wolle er widersprechen. Margi macht noch einen Schritt vor, dann beugt sie sich vor und küsst ihn.

Kolle erstarrt. Dann wird er plötzlich blass. Seine Augen weiten sich. „Ich ... was ist passiert? Wieso ... hast du ..."

„Sei still!", sagt Margi und küsst ihn erneut.

Als sie sich von ihm löst, wird Kolles Gesicht erst noch blasser, dann braun, schließlich knallrot. Er versucht, etwas zu sagen, doch es kommt nur ein Krächzen dabei heraus. Primo und Willert lachen vor Erleichterung.

„Du hast mich … gerettet!", bringt Kolle endlich heraus, und seine Stimme klingt nun fast wieder so wie immer. „Danke!"

„Gern geschehen!", erwidert Margi und grinst. „Falls du noch einmal gerettet werden musst, sagst du es mir, ja?"

„Sieh mal an", meint Willert. „Es scheint fast, als bräuchten wir Ruunas Hilfe gar nicht!"

„Ich … ich wusste nicht mehr … wer ich war", sagt Kolle. „Wenn du nicht gewesen wärst …"

Primo spürt einen Stich der Eifersucht. Es war Margi, nicht er, die mutig genug war, Kolle in die Höhle zu folgen. Es war Margi, nicht er, die ihn gerettet hat. Und es ist offensichtlich, dass Kolle über beide Ohren in sie verliebt ist. Wer braucht da noch einen besten Freund wie Primo, der einen bloß in Schwierigkeiten bringt?

In Gedanken sieht er Golina, wie sie auf das Schaf zugeht und beruhigend singt. Das Gefühl der Eifersucht verblasst und wird durch Sehnsucht ersetzt.

Die Höhle ist zum Glück nicht sehr tief, so dass sie bald jeden Winkel mit Fackeln ausgeleuchtet haben. Ein paar verfaulte Fleischfetzen zeugen davon, dass Kolle hier einen Kampf überstehen musste. Doch mit weiteren Angriffen ist nicht zu rechnen, denn Nachtwandler erscheinen niemals einfach so, wenn es hell ist.

„Wir sollten abwechselnd Wache halten“, sagt Willert, nachdem sie den Eingang mit Sand verschlossen haben. „Falls Kolle erneut …“

„Ich mache das!“, sagt Margi. „Ihr ruht euch aus. Mir scheint, ihr habt etwas Erholung dringender nötig als ich, so wie ihr heute durch die Wüste geschlichen seid.“

Primo ist zu müde, um zu widersprechen. Dankbar nimmt er das Angebot an und legt sich auf den Höhlenboden, der ihm weich wie ein Bett vorkommt. Kurz darauf ist er eingeschlafen.

Nach einer Zeit, die ihm wie eine Minute erscheint, rüttelt ihn Willert am Arm. „Primo, aufwachen!“

Er schreckt hoch. „Was ist los? Hat Kolle sich wieder verwandelt?“

„Nein, mir geht’s gut“, sagt sein Freund. Er hat sich wieder den Kürbis aufgesetzt.

„Warum weckt ihr mich dann mitten in der Nacht?“

„Weil es heller Tag ist, du Schlafmütze!“

Tatsächlich: Als Willert den Höhleneingang freiräumt, dringt grelles Sonnenlicht herein. Nachdem sie etwas Brot gefrühstückt haben, machen sie sich auf den Weg. Sie folgen der Küstenlinie, wobei Margi und Kolle vorausgehen, während Willert und Primo hinterhertrotten. Nachdem sie eine weitere große Düne überquert haben, erreichen sie endlich den Rand der Wüste. Dahinter liegt flaches Grasland, auf dem einige Schafe grasen. Der Anblick der Tiere erinnert Primo schmerzhaft an sein Heimatdorf und an Golina.

Während die Sonne langsam höher steigt, wandern sie durch hohes Gras.

„Oh, seht mal, wie hübsch!", ruft Margi plötzlich aus. Ehe sie jemand daran hindern kann, läuft sie nach rechts zu einem Hügel, auf dem eine Menge bunter Blumen wachsen. Kolle folgt ihr.

„Wartet doch mal!", ruft Primo, der bereits außer Atem ist. „Wo wollt ihr denn hin? Wir müssen doch nach Norden!"

Die beiden ignorieren ihn einfach. „Sind die nicht wunderschön?", fragt Margi begeistert. „So viele verschiedene Farben!"

„Ja, wirklich, ganz toll", meint Primo. „Können wir jetzt weitergehen?"

„Moment", sagt Kolle. Er klettert den Hügel hinauf und fängt an, Blumen auszureißen.

„Was machst du denn da?", fragt Primo.

Kolle antwortet nicht. Erst, als er einen ganzen Arm voller Blumen gesammelt hat, kehrt er zu den anderen zurück. Er hält die Blumen Margi hin. „Hier, für dich! Weil du mich ge..., äh, rettet hast."

Margi läuft rot an. „Oh! Für mich? Wie lieb! Mir hat noch nie jemand Blumen geschenkt."

Primo kann nicht fassen, dass die beiden hier herumstehen und wertvolle Zeit damit vertrödeln, sich unnützes Gestrüpp zu schenken! Doch als er etwas sagen will, macht Willert ihm ein Zeichen, zu schweigen. Einen Augenblick stehen die beiden Verliebten nur da und sehen sich an. Dann nimmt Kolle plötzlich seinen Kürbis ab.

„Kolle, nicht!", ruft Primo.

Doch sein Freund geht nicht in Flammen auf. Stattdessen beugt er sich vor und küsst Margi. Als sich die beiden zu Primo umwenden, werden sie knallrot. Rasch setzt Kolle den Kürbis wieder auf den Kopf.

„Können wir jetzt freundlicherweise nach Norden gehen?", fragt Primo genervt.

Als sie ihren Weg fortsetzen, hat sich die Marschrichtung umgekehrt. Jetzt sind es Primo und Willert, die vorausgehen, während Kolle und Margi etwas zurückbleiben und leise miteinander reden. Manchmal brechen sie beide in Kichern aus, was Primo ärgert, denn er wird das Gefühl nicht los, dass sie über ihn tuscheln. Grummelnd marschiert er weiter.

„Pass auf!", ruft Willert plötzlich.

Primo bleibt abrupt stehen. Er war so in seine trüben Gedanken vertieft, dass er beinahe die Schlucht nicht bemerkt hätte, die sich unvermittelt vor ihm auftut. Sie ist noch tiefer als die, an der ihr

Heimatdorf liegt. Ein Schritt weiter, und er hätte herausgefunden, wie tief genau.

„Puuh, das war knapp!“, sagt er. „Danke!“

Sie folgen dem Verlauf des Abgrunds. Als sie das Ende erreichen, schlägt ihnen der unangenehme Geruch fauligen Wassers entgegen. Sie haben ein Sumpfgebiet erreicht.

„Hier irgendwo muss Ruuna leben“, stellt Willert fest. Doch nirgendwo ist eine Behausung zu sehen.

Sie bahnen sich einen Weg zwischen modrigen Tümpeln und Bäumen, die mit Schlingpflanzen überwuchert sind. Als sie an einer größeren Wasserfläche vorbei kommen, taucht eines der achtarmigen Ungetüme aus dem Wasser auf.

„Sieh mal, ein Tintenfisch!“, ruft Margi aus. „Wie niedlich!“

„Du findest den niedlich?“, fragt Primo ungläubig.

„Klar ist er das. Im Meer bei unserem Dorf gibt es jede Menge Tintenfische. Früher, als Kind, bin ich manchmal schwimmen gegangen und habe mich an einem von ihnen festgehalten, so dass er mich durchs Meer gezogen hat. Es sind freundliche Tiere.“

„Besonders freundlich sieht der aber nicht aus“, bemerkt Primo, als der Tintenfisch ihnen sein zähnestarrendes Maul zuwendet.

„Ach was, das ist nur ihre Art zu lächeln“, behauptet Margi.

Sie setzen ihren Weg durch den Morast fort.

„Seid vorsichtig, wo ihr hintretet!“, mahnt Willert. „Der Boden ist tückisch!“

Sie waten durch flaches Wasser. Primo sieht sich argwöhnisch nach Tintenfischen um, doch zum Glück sind keine in der Nähe. Mag Margi sie auch niedlich finden, ihm sind die großen Tiere unheimlich.

„Seht mal, da vorne!“, ruft das Mädchen aus dem Wüstendorf plötzlich. Sie zeigt auf eine Stelle am Rand des Sumpfes. Dort steht eine einsame Holzhütte.

„Ihr wartet hier!“, sagt Willert. „Ich spreche besser erst mal allein mit ihr.“

Die drei beobachten, wie er sich vorsichtig der Hütte nähert, als erwarte er jeden Moment den Angriff einer ganzen Horde von Nachtwandlern.

„Ruuna?“, ruft er. „Ruuna, bist du da?“

Keine Antwort.

„Ruuna?“, fragt Willert erneut.

Im nächsten Moment ertönt ein schrecklicher Schrei: „AAARGH! EINDRINGLINGE!“

Eine seltsame Gestalt springt aus der Hütte. Sie trägt einen dunklen, schmutzigen Kittel und hat einen großen Hut auf dem Kopf. In der Hand hält sie eine Glasflasche mit einer grünlichen Flüssigkeit.

„Verschwinde, du Ausgeburt des Nether!“, schreit sie und wirft die Flasche nach Willert, der dem Wurfgeschoss nur knapp ausweichen kann. „Du bekommst meine Seele nicht!“ Sie hat denselben Akzent wie Margi: Säälä.

„Ich bin es, Willert! Erkennst du mich denn nicht mehr, Ruuna?“

„Du bist nicht Willert!“, kreischt die Hexe. „Du bist ein Dämon aus dem Nether, der Willerts Gestalt angenommen hat!“ Erneut wirft sie eine Flasche. „Verschwinde, oder ich mach dir Beine!“

Willert ergreift die Flucht, als Ruuna einen Regen von Glaskolben auf ihn niederprasseln lässt. Als ihn einer davon an der Schulter trifft, umhüllt ihn für einen Moment eine grüne Wolke. Er macht keuchende und würgende Geräusche, während er sich in den Schutz der Bäume am Ufer schleppt.

„Jetzt verstehe ich, was er meinte, als er sagte, Ruuna habe die Tränke nach ihm geworfen“, bemerkt Kolle.

„Was machen wir jetzt?“, fragt Margi.

„Wir müssen ihm helfen!“, meint Primo, der sich spontan entschlossen hat, diesmal der Mutige zu sein. „Ich rede mit ihr!“

„Nicht!“, ruft Kolle. „Sie wird dir auch Tränke an den Kopf werfen!“

„Na und, wird schon nicht so schlimm sein!“, sagt Primo. Er geht auf die Hexe zu.

„Wer bist du denn?“, fragt Ruuna misstrauisch

„Ich bin Primo, ein Freund von Willert aus dem Dorf an der Schlucht, und ...“

Weiter kommt er nicht. Die Hexe stößt ein wildes Kreischen aus. „Noch so ein Dämon, der die Gestalt eines Dorfbewohners angenommen hat! Verschwinde zurück in den Nether, wo du hergekommen bist!“ Sie wirft einen Glaskolben nach Primo, der sich gerade noch rechtzeitig ducken kann.

„Aber ich bin kein Dämon!“, ruft er.

„Das kann jeder sagen!“ Erneut fliegt eine Glasflasche in seine Richtung. Der Vorrat der Hexe an Wurfgeschossen scheint unerschöpflich zu sein.

Primo überlegt fieberhaft. Wie soll er der Hexe beweisen, dass er kein Dämon ist? Sie ist offensichtlich verrückt und wird glauben, er lüge, ganz egal was er sagt.

„Geh zurück, Primo!“, ruft Willert vom Ufer her. „Es hat keinen Sinn! Sie wird dich bloß vergiften!“

„Dein Dämonenfreund hat recht, genau das werde ich!“, schreit die Hexe und wirft eine weitere Flasche, der Primo wieder nur knapp ausweichen kann.

Plötzlich kommt ihm eine Idee. „Okay, du hast recht!“, ruft er. „Ich geb’s zu, ich bin ein Dämon!“

„Was?“, ruft Willert. „Was redest du denn da?“

Primo ignoriert ihn. „Ich bin aus dem Nether gekommen, um dich zu holen!“, sagt er zu Ruuna.

Die Hexe beäugt ihn misstrauisch. „Echt jetzt?“

„Äh, ja. Echt.“

„Beweise es!“, ruft Ruuna.

„Was? Wie?“

„Du sollst beweisen, dass du ein Dämon bist! Verwandle dich zurück in deine ursprüngliche Gestalt!“

„Nö, keine Lust“, entgegnet Primo.

„Ha!“, ruft die Hexe. „Das sagst du nur, weil du es nicht kannst! In Wirklichkeit bist du nämlich gar kein Dämon, du tust bloß so!“

„Gar nicht wahr!“, widerspricht Primo. „Ich bin sehr wohl ein Dämon. Und der Junge dort mit dem Kürbis auf dem Kopf ist ebenfalls einer und nicht etwa ein Dorfbewohner, der deine Hilfe braucht.“

„Was ist mit dem da?“, fragt Ruuna und deutet auf Willert. „Er sagt, er sei mein Verlobter!“

„Er lügt natürlich“, behauptet Primo.

„Tut er das?“, fragt die Hexe. „Aber du lügst ja! Und wenn du lügst, wenn du sagst, dass er lügt, dann bedeutet das, dass er die Wahrheit sagt!“ Sie geht auf den Einsiedler zu. „Willert? Bist du das wirklich?“

„Ja“, sagt Willert vorsichtig.

„Nein!“, ruft Primo. „Glaub ihm nicht! Er ist ein Dämon, genau wie ich!“

„Ach papperlapapp!“, ruft die Hexe. „Willert!“ Sie rennt auf ihn zu und umarmt ihn stürmisch.

7. Bloß ein Apfel

„Das da sind Primo, Margi und Kolle", sagt Willert, nachdem die Hexe ihn mit ihrer Umarmung fast erdrückt hätte. „Er hat einen Kürbis auf dem Kopf, weil …"

„Kürbismann!", ruft Ruuna erfreut aus. „Welche Ehre, dich hier begrüßen zu dürfen!"

„Äh, was?", fragt Kolle.

„Was führt dich hierher? Möchtest du hier in diesem schönen Sumpfgebiet ein paar entspannte Tage verbringen, um dich von deinem unermüdlichen Kampf für Freiheit und Gerechtigkeit zu erholen?"

„Äh, was?", fragt Kolle.

„Schon gut", sagt die Hexe und zwinkert ihm verschwörerisch zu. „Du brauchst nicht so zu tun, als wüsstest du nicht, wovon ich rede! Ich werde niemandem erzählen, dass Kürbismann hier war!"

„Wer bitte ist Kürbismann?", fragt Primo.

„Hast du es ihnen denn nicht gesagt?", fragt die Hexe Kolle. Dann schlägt sie sich an den Kopf, als gehe ihr ein Licht auf. „Ah, natürlich, niemand darf deine wahre Identität kennen!"

„Äh, was?", fragt Kolle.

„Ich glaube, hier liegt ein Missverständnis vor", schaltet sich Willert ein. „Kolle ist nicht Kürbismann, der Kämpfer für Freiheit und Gerechtigkeit."

„Ist er nicht?", fragt die Hexe verwirrt.

„Doch, ist er!", behauptet Primo.

„Du lügst!", sagt die Hexe. „Also ist er es wirklich nicht. Nimm gefälligst den Kürbis ab, du Hochstapler!"

Kolle gehorcht. Sein Gesicht hat wieder eine deutlich grünliche Färbung angenommen.

„Wieso bist du so grün im Gesicht?", fragt die Hexe.

„Ich ... wurde von einem Nachtwandler gebissen", sagt Kolle.

„Das stimmt nicht!", sagt Primo, um der Aussage Nachdruck zu verleihen.

„Sei still, du Lügner! Und du, Kolle, komm in meine Hütte. Ich will mir das mal genauer ansehen. Warum hast du dich noch nicht verwandelt, wenn du von einem Zombie gebissen wurdest?"

„Ich habe ihm zwei von den Tränken eingeflößt, die du mir damals, äh, gegeben hast", sagt Willert.

„Zwei meiner Tränke? Das ist interessant! Welche denn?"

„Das weiß ich leider nicht."

„Meinst du, du kannst die Verwandlung endgültig stoppen?", fragt Primo.

„Klar kann ich das!", behauptet die Hexe. „Das ist genauso leicht wie Fliegen!"

„Aha. Äh, und wie genau willst du das machen?"

„Ganz einfach. Dein Freund muss bloß einen Apfel essen."

„Bloß einen Apfel?“, fragt Primo. „Mehr nicht?“

„Mehr nicht. Klar wie Sumpfwasser, oder?“

„Heißt das etwa, wir haben den ganzen weiten Weg hierher gemacht, um herauszufinden, dass ich nur einen Apfel hätte essen müssen?“, fragt Kolle.

„Sei doch froh!“, erwidert Primo. „Stell dir vor, sie hätte gesagt, du musst Sumpfwasser trinken!“

„Igitt!“, ruft Margi aus.

„Trotzdem“, meint Kolle. „Ich habe einen Apfel dabei. Ich hab ihn die ganze Zeit bei mir gehabt. Ich hätte mich schon längst selber heilen können! Andererseits ... dann wären wir nicht ins Wüstendorf gekommen, und ich hätte nicht Margi ... äh ...“ Er steckt rasch die Frucht in den Mund und beißt ab. „Hm. Ich fühle mich nicht anders. Bin ich immer noch grün im Gesicht?“

„Eher rotbraun“, antwortet Primo.

Kolles Röte nimmt langsam ab, und sein Gesicht verfärbt sich wieder grünlich. „Ich glaube, es wirkt nicht“, stellt er enttäuscht fest.

„Natürlich wirkt es nicht!“, stellt die Hexe fest. „Das da ist ja auch nur ein Apfel!“

„Aber hast du nicht gerade gesagt, ich muss bloß einen Apfel essen?“

„Ja, aber nicht so einen. Einen Goldenen natürlich! Das weiß doch jeder. Und vorher musst du einen Schwächetrank trinken. Ich kann dir einen zubereiten. Schmeckt zwar nicht besonders gut, aber dafür geht es dir danach richtig schlecht. Möchtest du einen?"

„Äh, nein danke, vorerst nicht. Woher soll ich denn einen goldenen Apfel bekommen?"

„Ich kann einen für dich herstellen", behauptet Ruuna. „Nichts leichter als das. Ich brauche dazu bloß einen Apfel."

Kolle starrt seine angebissene Frucht an. „Geht der hier auch?"

„Nein, er darf nicht angebissen sein."

„Na toll! Hättest du mir das nicht eher sagen können?"

„Du hast ja nicht gefragt."

„Ich glaube, ich hab noch einen Apfel dabei", wirft Willert ein. Er reicht ihn Ruuna.

„Gut", sagt die Hexe. „Sehr gut. Ganz hervorragend. Und jetzt das Gold!"

„Gold?", fragt Willert. „Welches Gold?"

„Bei Notch, dem Allmächtigen!", stöhnt die Hexe. „Wie soll ich denn ohne Gold einen goldenen Apfel herstellen? Ich brauche acht Barren."

„Wir haben aber keins", stellt Margi fest. „Gibt es nicht noch einen anderen Weg, Kolle zu helfen?"

„Hm", überlegt die Hexe. „Wir könnten ihn natürlich von einem Nachtwandler beißen lassen."

„Und das würde seine Verwandlung rückgängig machen?", fragt Primo.

„Natürlich nicht! Er würde sich dann vollständig verwandeln. Er wusste nicht mehr, dass er mal ein unglücklicher Dorfbewohner war, und würde glücklich und zufrieden nachts durch den Sumpf irren. Bei Tagesanbruch würde er dann verbrennen, jedenfalls, wenn er außerhalb des Wassers ist. Problem gelöst."

„Und das nennst du ‚ihm helfen'?", empört sich Primo.

„Na ja, besser als dieser Zwischenzustand ist es bestimmt. Das ist doch nichts Halbes und nichts Ganzes, hellgrün im Gesicht und mit einem Kürbis auf dem Kopf herumzulaufen, ohne Kürbismann zu sein!"

„Kommt nicht infrage!", ruft Margi. „Wenn wir Gold brauchen, um Kolle zu retten, dann werden wir eben Gold besorgen!"

„Und woher sollen wir das bekommen?", fragt Primo.

„Der Fremde!", sagt Kolle. „Er hatte doch Glitzersteine. Vielleicht hat er auch Gold."

„Ja, vielleicht, aber wir wissen nicht, wo er hingegangen ist", wendet Primo ein. „Und selbst wenn, warum sollte er uns sein Gold geben? Nein, es muss einen anderen Weg geben ..." Plötzlich kommt ihm ein Gedanke. „Willert, als wir an dem alten Wüstentempel vorbei kamen, da hast du doch gesagt, darin sei ein Schatz verborgen!"

„Ja, schon. Aber ich habe auch gesagt, dass es bloß eine Legende ist und dass noch nie jemand aus dem Tempel zurückgekehrt ist."

„Vielleicht ist ja etwas Wahres an der Legende", sagt Primo. „Vielleicht gibt es in dem Tempel wirklich Gold."

„Primo könnte recht haben", bestätigt Margi. „Alte Legenden haben oft einen wahren Kern. Und mein Vater hat mir auch erzählt, dass in dem Tempel ein Schatz verborgen ist. Es steht in einem der alten Bücher."

„Also gehen wir in den Tempel und suchen den Goldschatz!", beschließt Primo.

„Das ist viel zu gefährlich!", wendet Kolle ein. „Habt ihr nicht gehört, was Willert gesagt hat? Niemand ist je aus diesem Tempel zurückgekehrt!"

„Dann sind wir eben die Ersten."

„Ruuna, meinst du, du kannst Kolles Zustand auch ohne goldenen Apfel zumindest stabilisieren? Ich fürchte, wenn er den weiten Weg hin und zurück mit uns kommt, würde er sich in der Zwischenzeit endgültig verwandeln."

„Klar kann ich das!", behauptet die Hexe. „Das ist leicht wie Fliegen! Ich werde mich um ihn kümmern."

„Dann bleibe ich wohl besser auch hier bei ihm", sagt Margi und wirft einen skeptischen Blick zu der Hexe.

„Also, dann ist es entschieden“, sagt Primo. „Willert und ich gehen zurück zu dem alten Tempel und holen das Gold.“

„Das müsst ihr nicht tun!“, widerspricht Kolle. „Ich ... ich kann bestimmt noch eine Weile gegen die Verwandlung ankämpfen ... mit Margis Hilfe ...“

„Das wird nicht reichen“, sagt Willert. „Deine Liebe zu Margi kann die Verwandlung verzögern, aber nicht aufhalten.“

„Liebe?“, fragt die Hexe. „Liebe kann erstaunliche Dinge tun! Nur leider wirkt sie nur eine begrenzte Zeit.“ Für einen Moment geht ihr Blick ins Leere, als erinnere sie sich an etwas. „Aber vielleicht ist da noch ein kleiner Funke, ganz tief im Inneren ...“, murmelt sie.

„Wir sollten jetzt gehen!“, sagt Willert. „Je eher wir aufbrechen, desto eher sind wir wieder zurück.“

„Das werde ich dir nie vergessen, Primo“, sagt Kolle. „Und dir auch nicht, Willert.“

„Pass gut auf meinen besten Freund auf, Margi!“, bittet Primo.

„Das werde ich. Viel Glück!“

„Und lasst euch nicht von den Tintenfischen hereinlegen!“, ruft die Hexe. „Die Biester lächeln dich an, und im nächsten Moment, platsch, spritzen sie dich von oben bis unten mit stinkendem Sumpfwasser voll!“

Ausgestattet mit diesem nützlichen Ratschlag machen sich Willert und Primo auf den Weg. Sie wandern zurück durch das Sumpfgebiet und über die grasbewachsene Ebene, bis vor ihnen wieder die Sanddünen aufragen.

„Wüste, Wüste, immer nur Wüste!“, schimpft Primo. „So langsam reicht es mir!“

„Wolltest du nicht fremde Länder kennenlernen?“, fragt Willert.

„Ja, schon, aber ... Ehrlich gesagt hätte ich nicht gedacht, dass das Reisen so anstrengend ist.“

„Das ist es in der Tat“, stimmt Willert zu.

Primo wirft einen Blick zum Himmel. Die Sonne sinkt bereits wieder. „Sollen wir wieder in der Höhle übernachten?“

„Nein. Ich glaube, wir schaffen es vor Sonnenuntergang bis zum Wüstendorf.“

„Aber die Bewohner mögen doch keine Fremden“, wendet Primo ein.

„Das tun sie nicht, aber sie werden auch nichts gegen uns unternehmen, dafür sind sie viel zu feige. Wir können in Margis Haus schlafen.“

Die Vorstellung, die Nacht in einem richtigen Haus zu verbringen, beflügelt Primos Schritte, und es fällt ihm leichter, über die Sanddünen zu stapfen. So erreichen sie das Wüstendorf gerade rechtzeitig bei Einbruch der Dämmerung.

Der Dorfpriester tritt ihnen entgegen. „Was wollt ihr denn schon wieder hier?"

„Wir sind Gäste von Margi", sagt Willert. „Wir schlafen heute Nacht in ihrem Haus. Morgen sind wir wieder weg, keine Sorge."

„Was habt ihr mit ihr gemacht? Habt ihr sie entführt?"

„Unsinn! Sie ist freiwillig mit uns gekommen. Ich habe sogar versucht, sie daran zu hindern, aber sie wollte nicht hierbleiben."

„Und wo ist sie jetzt?"

„Im Sumpf, bei Ruuna."

Der Priester erbleicht. „Bei Notch! Sie ist verloren!"

„Nein, ist sie nicht. Und jetzt lass uns vorbei und geh wieder in deine Kirche, wenn du nicht von einem Nachtwandler gefressen werden willst!" Wie um Willerts Aussage zu unterstreichen, erklingt von fern ein tiefes *Unnngh*.

Der Priester sieht sich erschrocken um, murmelt ein Gebet und verschwindet in der Kirche. Primo sieht ihm kopfschüttelnd nach. „Genau wie Magolus!"

„Wahrscheinlich muss man so engstirnig sein, wenn man Dorfpriester werden will", meint Willert.

Sie betreten Margis Haus, wobei sich Primo ein wenig wie ein Eindringling vorkommt. „Wir hätten Margi fragen sollen, ob wir bei ihr übernachten dürfen", bemerkt er.

„Was, glaubst du, hätte sie gesagt?"

„Sie hätte es uns ganz sicher erlaubt."

„Na also, dann ist ja alles gut. Du schläfst im Bett, ich mache es mir auf dem Boden gemütlich."

„Aber ... das kann ich doch nicht ..."

„Lass gut sein. Du brauchst auch mal richtigen Schlaf."

Dankbar nimmt Primo das Angebot an und legt sich auf das kuschelige Bett. Ehe er „Gute Nacht" sagen kann, ist er schon eingeschlafen.

8. Der alte Tempel

Am nächsten Morgen möchte Primo am liebsten gar nicht mehr aufstehen, so gemütlich ist es in dem Bett. Je länger dieses Abenteuer dauert, desto attraktiver findet er das beschauliche Dorfleben, das ihm noch vor kurzem erdrückend langweilig vorkam. Und dann ist da noch Golina ...

Er hat von ihr geträumt. Sie gingen gemeinsam über eine Wiese voller bunter Blumen. Primo pflückte einen Strauß und reichte ihn ihr, doch sie sah ihn nur verwirrt an und fragte: „Was soll ich denn mit diesem Gestrüpp?“ Zum Glück wachte er in dem Moment auf.

„Meinst du, wir kommen jemals wieder in unser Dorf zurück?“, fragt er.

Willert der gerade dabei ist, die Buchregale zu betrachten, dreht sich zu ihm um. „Hast Du Heimweh?“

„Ja, ein wenig.“

„Das ist gut, Junge. Wer Heimweh hat, der hat auch ein Zuhause.“

„Und du? Hast du auch Heimweh?“

Willert schweigt einen Moment. „Nein“, sagt er schließlich. „Jedenfalls nicht nach der Hütte im Wald.“

Primo beschließt, nicht weiter nachzubohren.

„Ah, das hier könnte interessant sein.“ Willert holt ein Buch hervor. *„Die größten Rätsel der Welt.*

Vielleicht steht darin etwas über den Tempel." Er schlägt das Inhaltsverzeichnis auf. „Hm ... merkwürdige Rätsel sind das: *Wieso werden Blöcke klein, wenn man sie abbaut, und wieder groß, wenn man sie platziert? Warum kann ein Eimer mehr Wasser enthalten, als man hineinfüllen kann? Wie halten Fackeln an den Wänden? Wieso hat Notch Mojang verkauft?* Nein, ich fürchte, das hilft uns nicht weiter." Er stellt das Buch wieder zurück.

Primo hilft ihm, die Buchregale zu durchsuchen. Neben einem Buch mit dem merkwürdigen Titel *Würfelwelt* von einem gewissen *Karl Olsberg* steht ein alter, ledergebundener Band, der seine Aufmerksamkeit erweckt. Vorsichtig holt er das Buch hervor. „Wie wär's mit dem hier? *Das Geheimnis des alten Tempels*. Das klingt doch vielversprechend!"

„Zeig mal her", sagt Willert und blättert durch die vergilbten, brüchigen Seiten. „Hm, hier wird bloß darüber spekuliert, wie der Tempel entstanden ist. Wer immer dieses Buch geschrieben hat, glaubt offenbar, alte Bauwerke sprössen von selbst aus dem Boden wie Blumen. ‚Spawnen' nennt er das. So einen Unsinn habe ich noch nie gehört!" Er liest eine Weile. „Moment, hier steht doch etwas Interessantes: *So mag es nun der Grund für ihre Entstehung sein, dass es Notch, dem Schöpfer einfach gefallen hat, Rätsel in die Welt zu setzen. Doch es ist meine Überzeugung, dass er sie noch aus einem anderen*

Grund schuf: um die Welt von jenen zu reinigen, die gierig und mit dem beschaulichen Leben, das Notoh für sie bestimmt hat, unzufrieden sind."

„Klingt fast, als seien das Magolus' Worte", bemerkt Primo.

„Das ist noch nicht alles." Willert liest weiter vor: *„Tief im Inneren, so heißt es, ist ein riesiger Schatz verborgen. Doch wer dumm genug ist, nach diesem Reichtum zu streben, hat sein Leben verwirkt. Denn nicht nur lauern bösartige Kreaturen im Inneren des Bauwerks, sondern auch zerstörerisches Feuer, das sowohl den Schatz als auch jenen vernichtet, der versucht, ihn zu rauben."*

„Was meint er denn mit ‚zerstörerischem Feuer'? Lava vielleicht?"

„Ich weiß es nicht." Willert blättert weiter. „Warte mal, hier steht noch etwas Interessantes: *So fand ich in der alten Schrift diesen rätselhaften Text. Er ist in einer mir unbekannten Sprache verfasst, doch ich habe ihn getreu wiedergegeben.* Hm, das sieht aus wie ein Gedicht, aber ich kenne die Sprache auch nicht."

Primo beugt sich über Willerts Schulter und betrachtet die seltsamen Textzeilen:

Negnaleg Ztahcs ned na ud tslliw
Negnab Nebel nied mu ud tssum
Nebarg ud tssum Efeit eid ni

Nebah ud tssum Tiehsiew dnu tum
Tor retnu tgeil Dlog sad nned
Dot red treual Ualb retnu hcod

„Was könnte das bedeuten?"

„Ich habe nicht die leiseste Ahnung", erwidert Willert.

„Glaubst du, irgendjemand im Wüstendorf versteht das?"

„Nein. Du hast doch Margi gehört: Niemand hier interessiert sich für ihre Bücher."

„Vielleicht weiß sie, was es heißt."

„Unwahrscheinlich. Wer immer dieses Buch geschrieben hat, muss sich intensiv mit der Geschichte des Tempels befasst haben. Wenn er die Sprache nicht kannte, dann gibt es wahrscheinlich niemanden, der das lesen kann."

„Aber irgendwer muss es doch geschrieben haben."

„Ja, aber irgendjemand hat auch den Tempel gebaut, und wer immer das war, ist schon lange tot."

„Na schön. Jedenfalls wissen wir jetzt, dass es darin wirklich einen Schatz gibt."

„Bloß weil es in einem Buch steht, muss es nicht stimmen."

„Ich dachte immer, alles, was in Büchern steht, stimmt."

„Ich glaube, nirgendwo wird so viel Unsinn erzählt wie in Büchern. Aber das ist jetzt auch egal. Lass uns losgehen und diesen geheimnisvollen Tempel erkunden. Wir nehmen das Buch am besten mit, vielleicht hilft es uns weiter, wenn wir dort sind."

Gefolgt von den misstrauischen Blicken der Wüstendorfbewohner machen sie sich auf den Weg. Bald erreichen sie den Fuß des gigantischen Bergmassivs.

„Meinst du, Ruuna dachte wirklich, sie könne dort hinauffliegen?", fragt Primo.

„Wer weiß", erwidert Willert. „Vielleicht schafft sie es ja eines Tages."

„Aber nichts auf der Welt kann fliegen. Daraus folgt, dass Fliegen unmöglich ist."

„Das ist nicht ganz richtig. In Höhlen tief im Boden gibt es seltsame Wesen, die man Fledermäuse nennt. Sie können fliegen, und sie schlafen sogar an der Höhlendecke, mit dem Kopf nach unten."

„Hm. Das stelle ich mir ziemlich unbequem vor."

„Schon möglich. Aber wenn es eine Lebensform gibt, die Fliegen kann, dann gibt es vielleicht noch mehr. So wie den Enderdrachen zum Beispiel. Manche behaupten, er sei nur eine Legende, aber ich bin mir da nicht so sicher. Und in der Welt, aus der die Fremden kommen, leben vielleicht noch viel seltsamere Wesen."

„Du meinst die Kugelwelt? Glaubst du wirklich, dass es sie gibt?“

„Irgendwoher müssen die Fremden doch stammen.“

„Vielleicht kommen sie einfach nur aus einem Dorf, das weit weg liegt. Für die Wüstendorfbewohner sind wir schließlich auch Fremde.“

„Vielleicht. Aber das glaube ich nicht. Sie sind wirklich anders als wir.“

Eine Weile marschieren sie schweigend weiter.

„Wenn es sie wirklich gibt, dann würde ich sie gern einmal sehen“, sagt Primo unvermittelt.

„Was denn?“

„Die Kugelwelt.“

„Das wirst du niemals können.“

„Warum nicht? Wenn die Fremden in unsere Welt kommen können, warum dann nicht auch wir in ihre?“

„Weil ... ach, so genau weiß ich das auch nicht. Aber jedenfalls ist ihre Welt kein Teil von unserer.“

„Wir haben unser Dorf verlassen. Also können wir vielleicht auch unsere Welt verlassen.“ Primo blickt hinauf in den Himmel, über den träge die Wolken ziehen. „Manchmal denke ich, dass der Mond eine eigene Welt sein könnte, nur sehr weit weg. Vielleicht kann man irgendwie dort hingelangen. Es könnte doch sein, dass die Fremden von dort stammen.“

„Sei nicht albern! Vorhin hast du mir noch erklärt, dass Fliegen unmöglich ist, und jetzt willst du auf einmal zum Mond fliegen!“

„Ich meine ja bloß ...“

„Ich glaube, wir konzentrieren uns besser auf die Aufgabe, die vor uns liegt.“

Schweigend marschieren sie weiter, vorbei am Himmelsturm, der rechts von ihnen aufragt, über die Ebene mit dem trockenen Gras und den seltsamen Bäumen, bis sie schließlich wieder den Rand der Wüste erreichen. Primo stöhnt innerlich, doch er versucht, sich nichts anmerken zu lassen.

Die Sonne brennt herab, während sie über den Sand stolpern. Bald tut ihm der Kopf weh, doch er trottet tapfer weiter. Sie kommen an dem Brunnen vorbei, in dem sie die erste Nacht ihrer Reise verbracht haben.

„Was machen wir eigentlich, wenn wir das Gold nicht finden?“, fragt Primo.

„Ich fürchte, dann ist dein Freund verloren“, erwidert Willert.

„Meinst du nicht, er könnte einfach bei Ruuna bleiben? Du hast doch gesagt, sie kann ihn stabilisieren.“

„Vielleicht. Aber ehrlich gesagt habe ich meine Zweifel, dass sie das wirklich kann. Ich bin froh, dass Margi bei ihm geblieben ist. Wenn Kolle bis zu unserer Rückkehr durchhält, dann wahrscheinlich deshalb, weil er in sie verliebt ist. Das Einzige, was seine Verwandlung jetzt noch aufhalten kann, ist seine Willenskraft."

„Also kann Margi ihn stabilisieren?"

„Eine Weile vielleicht. Aber nicht für lange, fürchte ich."

Die Sonne geht bereits unter, als sie endlich den Tempel erreichen, der am Rand der Wüste aufragt. Seine beiden Türme sehen düster und bedrohlich aus. Primo wirft einen sehnsüchtigen Blick auf den Fluss und den Wald dahinter. Es ist nicht mehr weit bis zur Ebene, in der das Dorf liegt. Und bis zu Golina ...

Vorsichtig nähern sie sich dem uralten Bauwerk. Der Eingang zwischen den beiden Türmen ist halb von Sand verschüttet. Als Willert einen Sandblock entfernt, hören sie im Inneren ein tiefes Stöhnen: *Unnngh ...*

Der Einsiedler zieht sein Schwert. „Bleib dicht bei mir, Junge!"

Primo nimmt ebenfalls seine Waffe in die Hand. Als erneut ein langgezogenes *Unngh* erklingt, lässt er sie vor Schreck beinahe fallen. Ihm erscheint es auf einmal eine außerordentlich dumme Idee zu sein, den finsteren Tempel zu betreten. Was haben sie sich bloß dabei gedacht? Doch für eine Umkehr ist es jetzt zu spät, denn draußen ist bereits die Sonne untergegangen.

Willert macht vorsichtig ein paar Schritte ins Innere und befestigt eine Fackel an einer Wand. Sie beleuchtet einen von Säulen gesäumten quadratischen Innenraum, dessen Boden mit einem bunten Muster verziert ist. Von der anderen Seite des Raums wankt eine grüne Gestalt mit ausgestreckten Armen auf sie zu, erneut ein tiefes, trauriges *Unngh* ausstoßend. Sie hat die Nase eines Dorfbewohners.

„Bei Notch!“, ruft Primo entsetzt aus. „Der sieht ja aus wie Kolle!“

„Er wurde gebissen und hat sich verwandelt“, stellt Willert fest. „Es muss einer derjenigen sein, die versucht haben, den Schatz zu finden. Wer weiß, wie lange er schon hier unten herumirrt.“

Der verwandelte Dorfbewohner hat sie nun fast erreicht. Primo krampft sich vor Entsetzen der Magen zusammen. „Aber was sollen wir denn tun? Wir können ihn doch nicht ... Au!“

Primo schreit vor Schmerz auf, doch es ist nicht der Nachtwandler, der ihn verletzt hat. Seine linke Schulter wurde von einem Pfeil getroffen.

„Ein Skelett!“, ruft er. „Es hat sich von links angeschlichen!“

„Ich nehme es mir vor“, sagt Willert. „Kümmere du dich um den Nachtwandler!“

Ehe Primo widersprechen kann, rennt er nach links auf den Knochenmann zu und lässt den Jungen mit dem Monster allein, das nun zum Schlag ausholt.

„Nicht doch!“, versucht Primo den Angreifer zu besänftigen. „Du bist in Wirklichkeit ein Dorfbewohner wie ich! Ich will dir nichts tun! Vielleicht können wir erstmal darüber reden ...“

Unngh! Der Nachtwandler mit der Nase schlägt zu. Primo kann nur knapp ausweichen. Endlich wird ihm klar, dass er keine andere Wahl hat, als sich zu wehren. Er stößt dem Monster das Schwert in die Brust. Doch das scheint den Nachtwandler kaum zu stören. Er drängt weiter vor und versucht, den Jungen mit beiden Armen zu packen und an sich zu ziehen, damit er zubeißen kann.

Kümmere du dich um den Nachtwandler! Willert hat gut reden! Verzweifelt hackt Primo mit dem Schwert auf die Arme des Monsters ein, während er gleichzeitig immer weiter zum Eingang zurückweicht. Alle Gedanken daran, den verwandelten Dorfbewohner zu schonen, sind verflogen. Nun geht es nur noch ums Überleben.

Erneut rammt Primo das Schwert in den Bauch des Ungeheuers. Er versucht, es herauszuziehen, doch es steckt im Körper seines Gegners fest. In Panik macht er einen Schritt rückwärts, stolpert und fällt zu Boden.

Unngh!, seufzt der Nachtwandler zufrieden, während er sich über Primo beugt. In seinen blutunterlaufenen Augen glimmt der Wahnsinn, und aus seinem Mund dringt fauliger Atem.

Schützend hält der Junge die Arme über den Kopf, obwohl er weiß, dass er damit das Unausweichliche nicht verhindern kann. „Es tut mir leid, Kolle“, flüstert er.

9. Der Schatz

Unngh!, macht der Nachtwandler ein letztes Mal, dann bricht er zusammen und löst sich vor Primos staunenden Augen auf. Hinter ihm steht Willert, der dem Monster im letzten Moment sein Schwert in den Rücken gestoßen hat.

Primo wischt die fauligen Fleischfetzen ab, mit denen er bedeckt ist, und rappelt sich auf.

„Dddanke“, bringt er zitternd hervor. „Dddas wwwar knnnapp!“

„Gern geschehen.“ Willert befestigt zwei weitere Fackeln an den Säulen im Inneren des Tempels. Zum Glück tauchen keine weiteren Monster auf. Doch von einem Schatz ist ebenfalls nichts zu sehen. Der alte Tempel scheint vollkommen leer zu sein.

Durch ein Loch in der Decke kann Primo einen höher gelegen Raum erkennen. Darüber leuchtet der Sternenhimmel. „Vielleicht ist der Schatz da oben?“, meint er.

Systematisch durchsuchen sie die Pyramide. Zwei Gänge links und rechts vom Eingang führen ins Innere der Türme. Von dort gelangt man über kurze Treppen zu Ausgängen, die hinaus auf das pyramidenförmige Dach des Tempels führen. Durchgänge auf allen Seiten ermöglichen den Zugang zum oberen Raum, doch auch er ist leer.

„Ich fürchte, jemand ist uns zuvorgekommen“, sagt Willert.

„Du meinst den verwandelten Dorfbewohner?“

„Nein. Wenn er etwas gefunden hätte, dann wäre es noch hier. Entweder es gab nie einen Schatz, oder irgendjemand hat ihn vor langer Zeit mitgenommen. Unsere Mühe war wohl vergeblich.“

„Gib mir noch mal das Buch“, bittet Primo. Er blättert eine Weile. *„Tief im Inneren ist ein riesiger Schatz verborgen,* steht hier. Und dann steht da noch was von einem zerstörerischen Feuer, das den Schatz vernichtet und jeden, der versucht, ihn zu stehlen. Meinst du, das ist vielleicht schon passiert?“

Willert blickt sich um. „Möglich. Aber Spuren eines Feuers kann ich hier nicht erkennen.“

„Also ist der Schatz vielleicht immer noch hier“, schließt Primo. „Hier steht *verborgen*. Das bedeutet, man sieht ihn nicht sofort.“

„Aber wo soll er denn sein? Wir haben doch alles abgesucht!“

„Ich weiß nicht. Wenn wir doch bloß diese Schrift entziffern könnten ...“ Primo sieht sich noch einmal den rätselhaften Text an:

Negnaleg Ztahcs ned na ud tslliw
Negnab Nebel nied mu ud tssum
Nebarg ud tssum Efeit eid ni
Nebah ud tssum Tiehsiew dnu tum

Tor retnu tgeil Dlog sad nned
Dot red treual Ualb retnu hcod

"Hm. Die ersten vier Zeilen fangen mit ähnlich klingenden Worten an: *Negnaleg, Negnab, Nebarg, Nebah*. Meinst du, das sind vielleicht Namen?"

„Woher soll ich das wissen?"

„Hier, die fünfte Zeile beginnt mit dem Wort *Tor*. Vielleicht gibt es hier irgendwo ein verborgenes Tor, hinter dem der Schatz liegt?"

„Ich habe keins gesehen. Ich fürchte, dieser Text bringt uns nicht weiter. Wir können ihn nicht entziffern."

Doch Primo lässt sich nicht entmutigen. „Sieh mal hier, *ud tssum*, das kommt dreimal in den sechs Zeilen vor. Was könnte das heißen?"

„Gib es auf, Primo. Wie sollen wir einen Text in einer unbekannten Sprache entschlüsseln, wenn wir keinerlei Anhaltspunkte haben? Wenn du etwas übersetzen willst, dann musst du ... Moment mal!"

„Moment mal was?"

„Dann *musst du* ...", wiederholt Willert gedankenverloren.

„Dann muss ich was?"

„*Ud tssum. Musst du.* Du hattest recht, Primo!"

„Was?"

„Verstehst du denn nicht? *Ud tssum* bedeutet *musst du*!"

„Ich verstehe gar nichts."

„Lies doch *ud tssum* einfach mal rückwärts, Buchstabe für Buchstabe."

Primo probiert es aus: „M-u-s-s-t-d-u. Musst du. Tatsächlich! Aber was bedeutet das? Was muss ich?"

„Dies ist gar keine fremde Sprache", erklärt Willert. „Der Text wurde einfach nur falsch herum aufgeschrieben. Wenn man die Buchstaben rückwärts liest, kann man ihn verstehen!"

Als er Willerts Anweisung folgt, kann Primo den Text tatsächlich mit etwas Mühe entziffern. Es ist ein Gedicht:

Willst du an den Schatz gelangen,
musst du um dein Leben bangen.
In die Tiefe musst du graben,
Mut und Weisheit musst du haben.
Denn das Gold liegt unter Rot,
doch unter Blau lauert der Tod.

„Und was genau bedeutet das jetzt?"

„Es bedeutet, du hattest recht: Der Schatz ist irgendwo in diesem Tempel verborgen, wahrscheinlich in einer geheimen Kammer unterhalb dieses Raums. Um dorthin zu kommen, müssen wir graben. Doch es ist offenbar gefährlich, denn wir brauchen Mut und Weisheit und müssen um unser Leben bangen."

„*Das Gold liegt unter Rot* ... Glaubst du, damit sind die roten Steinfliesen dort gemeint?"

„Scheint so."

„Aber wie sollen wir denn an das kommen, was unter den Fliesen ist?"

„Mit einer Spitzhacke." Willert holt ein Gerät hervor, das aussieht wie das, mit dem der Fremde die Treppe in den Rand der Schlucht geschlagen hat. Er schlägt damit auf einen der äußeren roten Blöcke ein, aus denen das Muster im Zentrum des Tempels besteht. Nach ein paar kräftigen Schlägen hat er den roten Block entfernt, doch darunter kommt nur ein Sandsteinblock zum Vorschein.

„Kein Schatz", stellt Willert fest.

„Vielleicht unter einem der anderen Blöcke?"

„Vielleicht."

„Soll ich es mal versuchen? Vielleicht habe ich mehr Glück."

„Wenn du willst."

Willert reicht Primo die Hacke. Sie wiegt schwer in der Hand. Primo holt aus und drischt damit auf den roten Block ein, der schräg links von dem liegt, den Willert entfernt hat. Darunter befindet sich ein dunkles Loch.

„Ich glaube, ich habe etwas gefunden!", verkündet Primo stolz. „Bestimmt ist der Schatz da drin. Soll ich mal hineinsteigen?"

„Weißt du denn, wie tief das Loch ist?"

„Äh, nein."

„Dann würde ich das an deiner Stelle lieber sein lassen."

„Aber wie sollen wir denn den Schatz finden, wenn wir nicht in das Loch klettern, in dem er liegt?"

„Bisher wissen wir noch überhaupt nicht, ob in dem Loch ein Schatz ist."

„Aber da stand doch: *Denn das Gold liegt unter Rot.* Also muss in dem Loch ein Schatz sein!"

„Warum müsst ihr jungen Leute immer so ungeduldig sein? Hier waren acht rote Steine. Unter einem davon ist nur Sandstein, unter einem anderen ein Loch. Ich schlage vor, wir sehen nach, was unter den übrigen ist, bevor wir irgendwelche überhasteten Entscheidungen treffen."

Primo muss zugeben, dass der Vorschlag vernünftig ist. Also entfernen sie die übrigen sechs roten Blöcke. Es stellt sich heraus, dass unter den vier äußeren Sandsteinblöcke liegen, während unter den vier inneren, die schräg um den zentralen blauen Block in der Mitte gruppiert sind, nur Finsternis zu sehen ist.

„Soll ich mal nachsehen, was unter dem blauen Block ist?", fragt Primo.

„Besser nicht. Darunter lauert der Tod, wenn das Gedicht stimmt. Lass uns mal sehen, ob wir mehr erkennen können." Willert befestigt eine Fackel im Inneren eines der Löcher.

Vorsichtig beugt sich Primo vor und blickt hinab. Vor Schreck verliert er beinahe das Gleichgewicht. „Da geht es aber tief runter!“, stellt er fest und erschauert bei dem Gedanken, dass er fast dort hinuntergestürzt wäre, wenn Willert ihn nicht aufgehalten hätte.

„In der Tat.“ Der Einsiedler nimmt die Spitzhacke und entfernt die vier Sandsteinblöcke zwischen den Löchern. Nur den blauen Block in der Mitte lässt er unangetastet. Jetzt kann man den tiefen Schacht deutlich erkennen, der darunter liegt. Der Boden ist vom Schein der Fackel nur schwach beleuchtet.

„Warum fällt der blaue Block eigentlich nicht herunter, jetzt, wo nichts mehr da ist, das ihn festhält?“, fragt Primo.

„Warum sollte er?“

„Weiß auch nicht. War nur so ein Gedanke.“ Er beugt sich vorsichtig über den Rand. „Ich sehe ein Rechteck in der Mitte des Bodens. Das muss der Schatz sein!“

„Das bezweifle ich. Siehst du die vier Nischen an den Wänden? Wenn ich mich nicht täusche, dann stehen da Kisten drin.“

„Du hast recht. Dann gibt es ja sogar vier Schätze!“

„Anscheinend.“

„Aber wie kommen wir da runter?“

„Wir graben." Willert entfernt systematisch Blöcke vom Rand des Schachts, so dass eine Treppe entsteht, die um den Schacht herum immer tiefer herab führt.

Als sie beinahe den Boden erreicht haben, erklingt von oben ein Stöhnen.

„Ein Nachtwandler!", ruft Primo aus. „Wo kommt der denn her?"

„Von draußen wahrscheinlich", erwidert Willert. „Wir hätten die Eingänge des Tempels mit Sand verschließen sollen. Egal, mit dem werden wir schon fertig." Als er zwei weitere Steinblöcke zerschlägt, kommt eine kleine Nische zum Vorschein, in der eine Holzkiste steht.

„Der Schatz!", ruft Primo aus.

Er will die Kiste öffnen, doch Willert hält ihn zurück. „Warte noch. Vielleicht ist der Schatz mit einer Falle gesichert."

„Aber worauf sollen wir denn warten? Da oben ist ein Nachtwandler! Wenn wir hier noch lange rumstehen, kommen vielleicht noch mehr. Wir sollten uns lieber beeilen!"

„Ich weiß nicht. Mir gefällt das nicht. Irgendwie war das zu einfach."

„Was bitte war denn hieran einfach? Ich wäre fast gestorben!"

Willert antwortet nicht. Schließlich springt er auf den Boden und sieht sich um. „Vielleicht ist nur in einer der drei Kisten ein Schatz, und die anderen drei enthalten tödliches Feuer", spekuliert er.

Unngh, klingt es von oben.

Primo hüpft ebenfalls auf den Boden des Schachts. Er hat die Nase voll davon, hier bloß herumzustehen. Bevor Willert ihn daran hindern kann, öffnet er den Deckel der Truhe vor sich. Der Gestank von vermodertem Fleisch schlägt ihm entgegen. Unwillkürlich macht er einen Schritt rückwärts.

„Pass auf, wo du hintrittst!", mahnt Willert. „Was ist denn? Warum machst du so ein Gesicht?"

„Kein Schatz!", sagt Primo enttäuscht. „Da sind nur alte Knochen drin! Ich glaube, wir müssen doch unter dem Steinblock da in der Mitte graben."

„Sieh lieber erst mal in den anderen Truhen nach!"

Ohne große Hoffnung öffnet Primo den Deckel der nächsten Truhe. Diesmal hat er mehr Glück: Zwischen alten modrigen Knochen glitzern acht Goldbarren.

„Gold!", ruft Primo aus. „Wir haben den Schatz gefunden!" Er führt einen kleinen Freudentanz auf. „Wir haben Gold gefunden! Wir sind reich! Wir ..."

Willert packt ihn am Arm und reißt ihn energisch zurück. „Lass den Unsinn, oder du wirst uns noch beide umbringen!"

„Aua! Was soll denn das?"

„Beinahe wärst du auf den Steinblock da in der Mitte getreten."

„Na und?"

„*Unter Blau lauert der Tod*, schon vergessen?"

Primo blickt nach oben. Tatsächlich, der blaue Block schwebt genau über dem Rechteck in der Mitte des Schachtbodens.

„Aber wir müssen doch gar nicht mehr tiefer graben", sagt er.

„Ich weiß nicht, was der Hinweis auf das zerstörerische Feuer bedeutet, aber ich habe das Gefühl, wir sollten lieber vorsichtig sein", meint Willert. „Also reiß dich zusammen und halt dich von diesem Block dort fern. Verstanden?"

„Ja, Willert."

Die übrigen beiden Kisten enthalten noch mehr Gold, etwas Eisen und jede Menge vermoderte Knochen. Rasch raffen sie die Schätze zusammen. Primo gibt sich große Mühe, seine Freude zurückzuhalten, doch er fühlt sich wie ein Held aus einer alten Geschichte. Sie haben das Geheimnis des Tempels gelöst und den Schatz gefunden! Kolle ist so gut wie gerettet! Wenn er Golina von seinem Abenteuer erzählt, wird sie bestimmt …

Ein tiefes *Unngh* über ihnen versetzt seiner Begeisterung einen jähen Dämpfer. Es klingt auf einmal viel näher. Als Primo aufschaut, bekommt er einen Schreck.

„Der Nachtwandler! Er kommt die Treppe herunter!“

„Den übernehme ich“, sagt Willert. „Bleib hinter mir!“

Schwer beladen mit dem Schatz klettern sie die Treppe hinauf, während der Nachtwandler ihnen entgegen kommt. Willert zieht sein Schwert. Als sie eine Ecke des Schachts umrunden, kommt es zum Kampf.

Auf der engen Treppe kann Willert den wütenden Schlägen des Monsters nicht ausweichen. Er rammt sein Schwert in den Bauch des Nachtwandlers, kann es jedoch nicht wieder herausziehen. In seiner Verzweiflung versetzt er dem Angreifer einen Schubs, so dass dieser von der Treppe stürzt, wobei er Willerts Schwert mit sich reißt. Er landet ein paar Blöcke unter ihnen und stößt beim Aufprall einen tiefen Seufzer aus, doch er ist noch nicht tot.

„Ha!“, ruft Primo aus. „Das hast du jetzt davon, du dummes Ungeheuer!“

„Lass uns machen, dass wir hier wegkommen!“, ruft Willert. „Schnell!“

„Wieso denn? Der Nachtwandler ist offensichtlich zu dumm, die Treppe heraufzuklettern. Stattdessen rennt er nur aufgeregt dort unten herum.“

„Seine Dummheit ist genau das Problem“, sagt Willert, während sie die Stufen hinaufhasten. „Ich weiß nicht, was passiert, wenn er auf den Stein in der Mitte tr..."

Ein gewaltiger Donnerschlag erklingt. Gleichzeitig wird Primo von einem grellen Blitz geblendet. Es fühlt sich an, als würde er von zehn Nachtwandlern auf einmal verprügelt. Betäubt schwankt er hin und her, so dass er beinahe von der Treppe stürzt. Im letzten Moment hält Willert ihn fest.

„Siehst du, genau das meinte ich", sagt der Einsiedler. Über das Fiepen in seinen Ohren kann Primo ihn kaum verstehen.

Als er endlich wieder richtig sehen kann, starrt er bestürzt nach unten. Der Nachtwandler ist verschwunden, ebenso die Schatzkisten. Dort, wo der Boden des Schachts war, gähnt jetzt nur noch ein schwarzer Abgrund.

„Bist du verletzt?", fragt Willert.

„Ich ... ich weiß nicht." Primo fühlt sich ziemlich schwach, und sein ganzer Körper tut weh. Als er sich umdreht, sieht er, dass die Treppenstufe, auf der er eben noch stand, nicht mehr existiert. Wenn Willert ihn nicht gedrängt hätte, sich zu beeilen ...

„Danke, Willert", keucht er. „Du hast mir heute zweimal das Leben gerettet. Mindestens."

„Schon gut. Das ist schließlich meine Aufgabe. Du bist noch jung und vielleicht manchmal ein bisschen unvorsichtig. Aber ohne deinen Mut und deine Neugier wären wir nicht so weit gekommen."

„Ohne meinen Mut und meine Neugier wäre Kolle gar nicht erst von einem Nachtwandler gebissen worden“, stellt Primo fest, aber er freut sich trotzdem über das Lob.

10. Der goldene Apfel

Sie verbringen den Rest der Nacht im Tempel. Willert versperrt die Eingänge mit Sand, so dass sie von Monstern unbehelligt bleiben. Nachdem Primo etwas gegessen hat, geht es ihm allmählich wieder besser. Vor Aufregung kann er nicht schlafen. Seine Gedanken springen zwischen Stolz über den gefundenen Schatz und Entsetzen über seinen Beinahe-Tod hin und her. Deshalb ist er froh, als sie von draußen das Stöhnen der Nachtwandler hören, die von der Sonne verbrannt werden.

Zum dritten Mal durchqueren sie die große Wüste. Da sie jetzt den Weg kennen, kommen sie schneller voran. Gegen Mittag passieren sie das Wüstendorf, ohne dort anzuhalten, und marschieren weiter nach Norden. Als sie endlich Ruunas Hütte erreichen, ist es schon fast dunkel, und das erste Stöhnen der Monster erklingt bereits.

„Primo! Willert! Notch sei Dank!“, ruft Margi, als sie die Hütte betreten. „Ich habe mir große Sorgen gemacht!“

„Wie geht es Kolle?“, fragt Primo.

„Nicht gut.“ Sie deutet auf seinen Freund, der auf dem Boden der engen Hütte liegt, da Ruuna anscheinend auf die Bequemlichkeit eines Bettes verzichtet. Sein Gesicht ist giftgrün, seine blutunterlaufenen Augen starren leer an die Decke, so als könne er sie gar nicht sehen. Er stöhnt leise.

„Ihr habt ganz schön rumgetrödelt", behauptet Ruuna. „Aber das macht nichts. Wir hatten hier unseren Spaß! Nicht wahr, Margi?"

Das Mädchen rollt mit den Augen. Offenbar ist ihre Vorstellung von Spaß nicht dieselbe wie die der Hexe.

„Hier ist das Gold", sagt Willert und legt Ruuna die einundzwanzig Goldbarren vor die Füße.

„Für mich?", ruft Ruuna aus. „Das ist aber lieb! Aber das wäre doch nicht nötig gewesen!"

Willert seufzt. „Würdest du jetzt bitte den goldenen Apfel herstellen?"

„Einen goldenen Apfel? Was willst du denn damit?"

Primo muss sich zusammenreißen, um nicht laut loszubrüllen. Weiß die schusselige Hexe wirklich nicht mehr, warum Willert und er sich in Todesgefahr begeben haben? War etwa alles umsonst?

„Wir wollen Kolle damit retten, schon vergessen?", sagt Willert, der ebenfalls Mühe hat, ruhig zu bleiben.

Die Hexe schlägt sich an den Kopf. „Ach ja, richtig!" Dann starrt sie ratlos auf den Haufen Gold am Boden. „Und wie macht man das?"

„Wie macht man was?", fragt Willert.

„Einen goldenen Apfel. Ich hab noch nie einen gemacht."

„Na toll!“, ruft Primo aus. „Ich wäre zweimal fast gestorben, um dieses Gold zu holen, und du weißt nicht, was du damit machen sollst. Wahrscheinlich war die ganze Geschichte mit dem goldenen Apfel bloß ein Märchen oder einer von deinen dummen Scherzen. Wir haben nur unsere Zeit vertrödelt, als wir hergekommen sind, und jetzt ... jetzt ist Kolle schon fast ein Nachtwandler und wir können ihm nicht mehr helfen!“

„Beruhige dich“, sagt Willert. „Ruuna mag ein bisschen verwirrt sein, aber sie weiß viel über Zaubertränke. Erinnere dich, dass wir mit ihren Tränken Kolles Verwandlung haben verlangsamen können.“

„Und was nützt das? Sie ist ja nicht mal in der Lage, einen goldenen Apfel herzustellen!“

„Wenn das so einfach ist, dann mach es doch selbst!“, ruft Ruuna beleidigt.

„Das mach ich auch!“, gibt Primo außer sich vor Wut zurück. „Damit wenigstens einer hier etwas tut, um Kolle zu retten!“

Er legt das Gold und einen Apfel, den er von Willert erhält, auf Ruunas Werkbank. Ratlos starrt er das glänzende Metall und die Frucht an. Wie kann man zwei so unterschiedliche Dinge miteinander verschmelzen? Je länger er darüber nachdenkt, desto sinnloser kommt es ihm vor, es auch nur zu versuchen.

Die Worte seines Vaters Porgo, des Dorfschmieds, erklingen in seiner Erinnerung: *Wenn du etwas herstellen willst, dann denke nicht mit dem Kopf. Denke mit den Händen!* Leicht gesagt. Primo versucht, an gar nichts zu denken und eins mit der Werkbank und dem Material zu werden, wie es ihn sein Vater gelehrt hat. Doch es will ihm nicht gelingen. Zu groß ist seine Angst um seinen besten Freund, zu schwer lastet die Verantwortung für dessen Schicksal auf ihm.

„Ha! Siehst du, so einfach ist das nicht!“, sagt die Hexe.

„Lass ihn in Ruhe, Ruuna!“, weist Willert sie mit zorniger Stimme zurecht. „Er muss sich konzentrieren!“

Als wenn das so einfach wäre. Zu allem Überfluss stöhnt draußen jetzt auch noch ein Nachtwandler, und Kolle antwortet ihm mit einem tiefen, traurigen *Unngh*. Margi beugt sich über ihn und flüstert zu ihm. Es scheint, als werde das Grün in seinem Gesicht etwas blasser, aber vielleicht liegt das auch nur am flackernden Licht der Fackel, die Ruunas enge Hütte beleuchtet.

Primo wünscht sich, er hätte den Fremden nie gesehen. Dann wäre er jetzt immer noch im Dorf am Rand der Schlucht, würde von fremden Ländern und aufregenden Abenteuern träumen und gemeinsam mit Kolle Streiche aushecken, um Magolus zu ärgern.

Oder er würde mit Golina über die Wiese östlich des Dorfs spazieren und ihr einen Arm voller Blumen pflücken. Er kann beinahe ihr Gesicht vor sich sehen, ihr Lächeln hell wie die Sonne. Nein, Blumen wären kein geeignetes Geschenk für sie. Es müsste etwas Außergewöhnliches sein, etwas, das noch niemand im Dorf je geschenkt bekommen hat. Ein goldener Apfel vielleicht ...

Er merkt kaum, wie sich seine Hände auf der Werkbank bewegen, während er sich vorstellt, wie er ihr das kostbare Geschenk überreicht. Wie sie ihn ansieht, ihre Augen groß vor Staunen. *Für mich?*, fragt sie, und als Primo nickt, umarmt sie ihn und küsst ihn und ...

Jemand umarmt Primo und küsst ihn auf die Wange. Doch es ist nicht Golina, sondern Margi. „Du hast es geschafft!", ruft sie aus.

Er blinzelt und starrt verwundert auf den goldenen glänzenden Apfel, der vor ihm auf der Werkbank liegt.

„Großartig, Primo!", sagt Willert und klopft ihm anerkennend auf die Schulter. „Ich dachte schon, alles sei umsonst gewesen."

„Wirklich, nicht schlecht", gibt selbst Ruuna zu. „Wie hast du das gemacht?"

„Ich weiß nicht genau", sagt Primo. „Ich hab einfach an jemand ... äh, etwas Schönes gedacht, und es ging fast wie von selbst."

„An etwas Schönes gedacht ...", murmelt die Hexe. „Guter Trick. Muss ich mir merken."

„Und was machen wir jetzt damit?", fragt Margi.

„Er muss ihn essen", sagt Ruuna und deutet auf Kolle. „Doch vorher muss ich noch einen Schwächetrank brauen, sonst wirkt es nicht. Aber das ist leicht wie Fliegen! Was waren noch die Zutaten für einen Schwächetrank? Moment, gleich hab ich's ..."

Scheinbar wahllos holt die Hexe Dinge aus einer Kiste und wirft sie in einen großen Bottich. Dabei murmelt sie die ganze Zeit unverständliche Worte. Bald beginnt es in dem Topf zu zischen und zu brodeln, während sich übelriechende Dämpfe in der Hütte breit machen.

„Oh, oh!", sagt Ruuna. „Ich glaub, ich hab zu viel Knallpulver reingetan. Es wäre vielleicht besser, wenn ihr die Hütte verlasst. Und zwar jetzt sofort!"

„Raus hier!", ruft Willert. „Gleich explodiert der Kessel!" Er und Margi packen Kolle an den Armen und zerren ihn hinaus in den Sumpf. Primo wirft einen letzten Blick auf den Bottich, aus dem jetzt bunte Funken sprühen, dann springt er aus der Tür, dicht gefolgt von Ruuna.

Im nächsten Moment gibt es einen ohrenbetäubenden Knall. Aus den Fenstern und der Tür der Hütte schießen Feuerstrahlen, die von einem wilden Pfeifen begleitet in den Himmel aufsteigen und dort in bunten, blumenartigen Feuerbällen explodieren.

Die vier Dorfbewohner und die Hexe starren in den Himmel. Ruuna lacht schrill, während immer mehr explodierende Feuerblumen den Himmel erhellen. „Ha! Sieht das nicht toll aus?“, ruft sie.

„Ja, großartig!“, sagt Primo. „Aber Kolle hilft es nicht.“

„Immerhin scheint es die Nachtwandler fernzuhalten“, meint Margi.

„Danke für den Tipp!“, sagt Ruuna.

„Was für ein Tipp?“, fragt Primo.

„Dass ich an etwas Schönes denken sollte! Ich habe noch nie so hübsche Explosionen hinbekommen!“

„Ich wäre dir sehr dankbar, wenn du beim nächsten Mal versuchen könntest, einen Schwächetrank herzustellen, der nicht explodiert. Denk dabei am besten an etwas Schwaches.“

„An etwas Schwaches? An was denn?“

„Ich weiß nicht. Ein Huhn vielleicht. Hühner sind die schwächsten Lebewesen, die ich kenne.“

Ruuna nickt. „Keine schlechte Idee.“

Nachdem die Explosionen aufgehört haben und aus dem Inneren der Hütte nur noch ein leises Zischen zu hören ist, wagt sich die Hexe wieder hinein. Sicherheitshalber bleiben die anderen gleich draußen. Von drinnen hören sie Ruuna leise singen, während sie in dem Bottich herumrührt: „Ich wollt, ich wär ein Huhn ... ich hätt' nicht viel zu tun ..."

Während sie den Trank rührt, erklingt aus dem Sumpf das Stöhnen der Nachtwandler, die offenbar das frische Fleisch der Dorfbewohner wittern und sich langsam näher wagen. Auch Knochenklappern ist zu hören, und kurz darauf zischt ein Pfeil dicht über Primos Kopf und bleibt zitternd in der Wand der Hütte stecken.

„Beeil dich ein bisschen!", ruft Willert Ruuna zu.

„Ist gleich fertig, ihr könnt schon reinkommen", erwidert die Hexe.

„Bist du sicher? Sollen wir nicht sicherheitshalber draußen bleiben, falls der Trank wieder explodiert?"

„Nein, nein, der explodiert nicht, da bin ich mir beinahe ganz sicher."

Primo weiß nicht, ob er ihr glauben soll, aber hier draußen wird es langsam ungemütlich. Also hilft er Margi und Willert, den stöhnenden Kolle wieder in die Hütte zu hieven. Die Nachtwandler stoßen enttäuschte *Unnghs* aus.

Im Inneren der Hütte stinkt es schrecklich nach Verbranntem, gemischt mit undefinierbaren, beißenden Gerüchen. Zum Glück ist die Werkbank mit dem goldenen Apfel unversehrt geblieben. Ruuna füllt etwas von der schwarzen, übelriechenden Flüssigkeit aus dem Bottich in einen Glaskolben.

„Igitt!“, sagt sie, als ihr dabei etwas von dem Dampf in die Nase steigt.

„Bist du sicher, dass das ein Schwächetrank ist?“, fragt Margi skeptisch.

„Na klar“, sagt Ruuna, doch sie wirkt ein wenig unsicher.

„Wir müssen es versuchen“, sagt Primo. „Es ist unsere letzte Chance.“

Margi nickt. Sie beugt sich über Kolle. „Hier, trink das!“

Kolle rührt sich nicht. Erst, als sie ihn küsst, geht ein Ruck durch Primos Freund, und ihm entfährt ein sehnsuchtsvolles Stöhnen. Margi nutzt die Gelegenheit, um den Inhalt des Kolbens in seinen geöffneten Mund zu gießen.

Kolle bäumt sich auf, röchelt und spuckt. Seine Augen werden groß, und er stößt einen entsetzlichen Laut aus: *Gooaaarghh!* Die grüne Farbe weicht aus seinem Gesicht und wird durch das blasse Grau alter Knochen ersetzt. Er fällt zurück auf den Boden, wo er reglos liegenbleibt.

„Gib mir den Apfel!“, ruft Margi. „Schnell!“

Primo reicht ihr die goldene Frucht. Das Mädchen hält sie Kolle vor den Mund. „Hier, iss, mein Schatz! Ein Happs für Margi ...“

Kolle keucht. Mühsam öffnet er den Mund und beißt ein winziges Stück von dem Apfel ab.

„Sehr gut“, ermuntert ihn Margi. „Und jetzt ein Happs für Primo ... und einer für Willert ... und für Ruuna ...“

Bissen für Bissen gelingt es ihr, Kolle mit dem Apfel zu füttern. Ein Anflug des Bedauerns überkommt Primo, als er daran denkt, dass er die goldene Frucht nun nicht mehr Golina schenken kann. Dann fällt ihm ein, dass noch genügend Gold übrig ist, um eine zweite herzustellen.

Allmählich kehrt die Farbe wieder in Kolles Gesicht zurück. Doch diesmal ist es nicht das Grün eines Nachtwandlers, sondern das helle Braun, das dort hingehört.

„Kolle?“, fragt Margi. „Kolle? Kannst du mich hören?“

Er schlägt die Augen auf, richtet sich mühsam auf und blickt sich um, als wisse er nicht, wo er ist. Dann öffnet er den Mund, wie um etwas zu fragen. Doch was herauskommt ist kein Wort, sondern ein gackerndes Geräusch: *Gooack!*

Primo starrt Ruuna wütend an. „Was hast du gemacht?“, ruft er. „Was zum Nether hast du in den Trank getan?“

„Du hast doch gesagt, ich soll an ein Huhn denken!“, verteidigt sich die Hexe.

„Aber doch nicht ihn in ein Huhn verwandeln!“

„Hat er etwa Federn?“

„Nein, aber er kann nicht mehr richtig ...“

„Hört auf, euch zu streiten!“, unterbricht ihn Kolle. „Das macht mir Kopfschmerzen.“

Primo fährt herum. „Kolle! Du kannst sprechen!“

„Klar kann ich sprechen“, erwidert sein Freund. „Ich hatte bloß einen Kloß im Hals. Dieses Zeug, das Margi mir eingeflößt hat, schmeckt wirklich ekelhaft.“ Er wirft ihr einen halb vorwurfsvollen, halb dankbaren Blick zu.

„Danke, Ruuna“, sagt Willert. „Ich wusste, dass du ihn retten würdest!“

„Es tut mir leid, dass ich dich beschuldigt habe“, sagt Primo.

Die Hexe winkt ab. „Schon gut, Junge. Du hast mir ein paar interessante Dinge beigebracht. Vielleicht sollte ich wirklich mal einen Hühnertrank brauen. Dann könnte ich fliegen wie ein Huhn!“

„Aber Hühner können nicht fliegen“, gibt Primo zu bedenken.

„Auch wieder wahr. Aber sie können Eier legen. Vielleicht kann ich dann auch ...“

„Ich glaube, weitere Experimente mit Tränken verschieben wir besser auf Morgen“, schlägt Margi vor. „Auch ich danke dir sehr, dass du Kolle gerettet hast.“ Sie nimmt die Hexe in den Arm.

„Jetzt sollten wir uns alle ausruhen“, meint Willert. „Wir haben etwas Erholung dringend nötig.“

„Ich könnte uns einen Gute-Nacht-Trank brauen“, schlägt die Hexe vor. „Für besonders schöne Träume.

Ich habe da im Sumpf ein paar interessante Pilze gefunden ...“

„Nein danke“, sagt Willert. „Jetzt wird geschlafen!“

„Na gut“, erwidert die Hexe enttäuscht.

Von draußen erklingt das Stöhnen der Nachtwandler und das Klappern der Knochenmänner. Doch jetzt, wo Kolle geheilt ist, kommt es Primo nicht mehr bedrohlich vor, sondern vertraut und beinahe sanft wie das Plätschern eines Bachs, das ihn in den Schlaf wiegt.

11. Heimkehr

Uuaah, erklingt es neben Primo. Er schreckt aus dem Schlaf und setzt sich ruckartig auf.

Neben ihm streckt sich Kolle genüsslich. „Uaaah!“, gähnt er erneut. „Hab ich gut geschlafen!“

„Kolle! Hast du mich erschreckt! Ich dachte schon ...“

„Na endlich bist du wach“, sagt Ruuna. „Frühstück ist fertig!“ Sie zeigt auf einen Teller mit einem graubraunen Brei aus undefinierbaren Pilzen.

„Äh, vielen Dank, aber ich habe keinen Hunger“, sagt Primo, obwohl ihm der Magen knurrt. „Besser, wir brechen gleich auf. Wir haben noch einen weiten Weg vor uns bis zum Wüstendorf.“

„Ihr wollt schon wieder gehen?“, fragt die Hexe enttäuscht. „Wie schade! Wir hatten doch so viel Spaß! Und ich bekomme so selten Besuch hier im Sumpf!“

Willert wendet sich an Margi, Kolle und Primo. „Würdet ihr uns bitte einen Moment alleinlassen?“

Die drei verlassen Ruunas Hütte, damit er sich in Ruhe von seiner früheren Liebe verabschieden kann. Draußen steht die Sonne bereits hoch am Himmel. Ihre Strahlen treffen Kolle mitten ins Gesicht, doch er zuckt nicht zusammen, blinzelt nicht einmal.

„Tut dir die Sonne nicht mehr weh?“, fragt Margi.

„Nein!“, sagt Kolle und grinst. „Im Gegenteil, sie hat sich noch nie so gut angefühlt! Ich kann euch gar nicht sagen, wie dankbar ich euch bin! Besonders dir, Primo! Erzähl mal, wie war das in dem Tempel?“

Während Primo berichtet, was Willert und er erlebt haben, hören die beiden mit großen Augen zu.

„Wow!“, sagt Margi, als er geendet hat. „Ich wünschte, ich wäre dabei gewesen!“

„Mir tut der Nachtwandler leid, den ihr getötet habt“, sagt Kolle.

„Er tut dir leid?“, fragt Primo fassungslos. „Er hätte mich beinahe umgebracht!“

„Mag sein“, erwidert sein Freund. „Aber ich weiß jetzt, wie er sich gefühlt hat. Er konnte nichts dafür.“

Willert kommt aus der Hütte. „Wir können jetzt los!“, sagt er und grinst breit.

„Halt, Moment, nicht so schnell!“, ruft Ruuna von drinnen. „Ich muss erst noch meine Zutaten zusammenpacken!“

„Was meint sie damit?“, will Kolle wissen.

„Sie will doch nicht etwa mit uns kommen?“, fragt Margi.

„Anscheinend doch“, erwidert Primo, als die Hexe schwer bepackt im Hütteneingang erscheint.

„Ruuna begleitet uns“, erklärt Willert. „Sie hat sich entschieden, bei mir im Wald zu wohnen.“

„Das wird lustig!“, sagt die Hexe. „Ihr könnt uns dort besuchen, und wir können gemeinsam viele tolle Experimente machen!“

„Da wird Magolus aber nicht begeistert sein“, stellt Kolle fest.

„Nein, wird er nicht“, stimmt Willert zu, und dann brechen er, Kolle und Primo in Gelächter aus, während Ruuna und Margi sich ansehen und verwundert die Köpfe schütteln.

Sie machen sich auf den Weg. Primo ist gut gelaunt. Er freut sich darüber, dass sein Freund geheilt ist, und dass er endlich nach Hause zurückkehren kann. Willert hat ihm erlaubt, einen Teil des Goldes zu behalten – gerade genug, um einen zweiten goldenen Apfel herzustellen, sobald er wieder zuhause ist. Er kann es kaum erwarten, ihn Golina zu schenken!

Als sie den Rand der Wüste erreichen, pfeift Primo ein fröhliches Lied, während sich Ruuna und Willert angeregt unterhalten. Nur Kolle wirkt seltsam bedrückt, und auch Margi ist schweigsam. Als sie am Nachmittag eine Düne überqueren und das Wüstendorf in der Ferne liegen sehen, stößt Primos Freund einen Seufzer aus, der fast so traurig klingt wie das *Unngh* der Nachtwandler.

„Was ist denn los mit dir, Kolle?“, fragt Primo. „Tut dir die Sonne etwa doch weh?“

„Nein, nein, mir geht es gut.“

„Was ist es dann?"

„Ach, nichts."

Als sie das Wüstendorf erreichen, entsteht ein Aufruhr. Die Dorfbewohner rennen zuerst aus ihren Häusern, dann flüchten sie in Panik, als sie Ruuna sehen. Nur der Dorfpriester wagt es, ihnen gegenüberzutreten. „Ihr ddürft hier nnnicht herkommen!", sagt er mit zitternder Stimme. „Nnnur Mmmargi dddarf dddas Dddorf betreten!"

„Schon gut", sagt Willert. „Wir haben gar nicht vor, zu bleiben!"

„Dann ist ja gut!", sagt der Priester sichtlich erleichtert. „Komm, Margi! Ich bin froh, dich wohlbehalten wiederzusehen. Wir haben uns schon große Sorgen um dich gemacht!" Er wirft Willert einen finsteren Blick zu.

„Dann heißt es jetzt wohl Abschied nehmen", stellt Margi fest.

„Ja", sagt Kolle und seufzt schwer.

Willert und Ruuna umarmen das Mädchen.

„Komm uns mal besuchen!", sagt die Hexe.

„Auf keinen Fall!", widerspricht der Dorfpriester. „Margi darf das Dorf nie mehr verlassen!"

Kolle steht mit hängendem Kopf da. Primo fragt sich, was mit ihm los ist. Er müsste sich doch auch freuen, dass er wieder gesund ist und bald nach Hause kommt. Auch Margi wirkt nicht gerade glücklich, wieder in ihrem Dorf zu sein.

Endlich geht Primo ein Licht auf. Er fasst seinen Freund am Arm. „Komm mal mit!“

„Was ist denn?“, fragt Kolle, während er Primo folgt, bis sie außer Hörweite sind.

„Du bist in Margi verliebt, hab ich recht?“

Kolle nickt.

„Und denkst du, sie liebt dich auch?“

Er zuckt mit den Schultern.

„Warum fragst du sie nicht einfach, ob sie mit dir kommen möchte?“

Kolle starrt ihn erschrocken an. „Aber was, wenn sie das nicht will?“

„Warum sollte sie es nicht wollen? Ihre Eltern sind lange tot, und sie hat doch gesagt, dass es ihr im Wüstendorf langweilig ist und sich niemand für ihre Bücher interessiert. Wenn sie trotzdem lieber hierbleiben will, kann sie ja immer noch nein sagen.“

„Aber wenn sie hätte mitkommen wollen, dann hätte sie mich doch schon längst fragen können!“

„Vielleicht hat sie sich nicht getraut. Vielleicht hatte sie Angst, dass du es nicht willst.“

„Warum sollte ich das nicht wollen?“

„Weiß sie, wie sehr du sie magst?“

„Keine Ahnung.“

„Hast du es ihr denn gesagt?“

„Äh, nein.“

„Und woher soll sie es dann wissen?“

„Du ... du meinst, wenn ich ihr sage, dass ich ... dass ich sie liebe ... dann kommt sie vielleicht mit uns?"

„Möglich wär's."

„Aber ... ich trau mich nicht! Kannst du sie nicht vielleicht fragen?"

Primo schüttelt energisch den Kopf. „Das machst du schön selber!"

Als die beiden zu den anderen zurückkehren, ist Kolle kreidebleich.

„Was ist denn mit dir los?", fragt Ruuna. „Geht es dir nicht gut? Soll ich dir noch einen Schwächetrank brauen?"

„Lass ihn", meint Willert. „Ich glaube, er möchte Margi etwas sagen."

„Mir?", fragt das Mädchen. „Was denn?"

„Wilsumikom?", stößt Kolle hervor, wobei er knallrot anläuft.

Margi sieht ihn verwirrt an. „Was?"

„Will ... willst du ... mit uns kommen?", bringt Primos bester Freund mühsam heraus.

„Warum fragst du mich das?"

„Weil ... weil ... weil ich ...", stammelt der arme Kolle.

„Weil er dich liebt, bei Notch!", ruft Primo. „Nun küsst euch endlich! Dieses Rumgedruckse ist ja nicht auszuhalten!"

Margi grinst breit. „Stimmt das etwa?"

Kolle nickt. Und dann tut er endlich, was Primo sagt, nimmt Margi in den Arm und küsst sie.

„Willst du mit uns kommen?“, fragt er noch einmal, als sie sich endlich voneinander lösen. Seine Stimme ist jetzt ganz ruhig und klar.

„Meinst du, die Leute in eurem Dorf würden das erlauben?“, fragt Margi verunsichert.

„Meine Eltern werden sich ganz bestimmt freuen. Mit meinem Vater wirst du dich hervorragend verstehen. Immerhin liebst du Bücher genauso wie er.“

„Und euer Dorfpriester? Was wird der sagen?“

„Das ist mir vollkommen egal!“, erwidert Kolle. „Wenn er etwas dagegen einzuwenden hat, kriegt er es mit mir zu tun!“

Primo hat den Eindruck, als färbe sich das Gesicht seines Freundes ganz leicht grün, als er das sagt. Aber vielleicht hat er sich auch getäuscht.

„Mit Magolus werden wir schon fertig“, stimmt er zu. „Mit dem hat man sowieso dauernd Ärger. So sind Priester eben.“

Der Priester des Wüstendorfs guckt empört, bleibt aber stumm.

„Gut, dann komme ich mit euch!“, sagt Margi. „Ich hole nur noch schnell ein paar Sachen aus meinem Haus. Ich bin gleich wieder da.“

„Kommt überhaupt nicht infrage!“, widerspricht der Priester. „Ich erlaube nicht, dass du das Dorf noch einmal verlässt. Das ist viel zu gefährlich!“

„Du hast mir nichts zu befehlen!“

„Ich bin immerhin der Priester! Ich spreche im Namen Notchs, und deshalb habe ich immer recht! Wenn ich sage, du bleibst, dann bleibst du! Wenn du nicht gehorchst, werde ich dich bestrafen!“

„Wage es bloß nicht, ihr etwas zu tun!“, ruft Kolle. Er sieht aus, als wolle er sich auf den Priester stürzen. Wieder hat Primo den Eindruck, als liege ein grünlicher Schatten auf seinem Gesicht.

„Lass mich das machen“, sagt Ruuna. Sie holt einen Glaskolben hervor. „Sieh mal, das hier ist ein Hühnertrank. Ich habe ihn heute Morgen frisch gebraut. Wenn man ihn trinkt oder etwas davon auf die Haut bekommt, verwandelt man sich in ein Huhn. Willst du einen Schluck?“ Sie macht einen Schritt nach vorn.

Der Priester erbleicht. „Weiche von mir, Hexe!“

„Nun stell dich nicht so an!“, ruft Ruuna und kichert. „Es ist bestimmt schön, ein Huhn zu sein.“ Sie macht Anstalten, den Kolben zu werfen.

Der Dorfpriester verliert die Nerven und ergreift die Flucht. Er rennt in seine Kirche, schlägt die Tür hinter sich zu und wagt sich nicht mehr hinaus. Margi geht zu ihrem Haus und kommt kurz darauf mit ihren Büchern zurück.

Nun sind auch Kolle und Margi gut gelaunt, während sie den letzten Teil der Reise zurücklegen. Als sie am Himmelsturm vorbeikommen, blickt Ruuna sehnsüchtig nach oben.

„Und du bist sicher, dass Hühner nicht fliegen können?“, fragt sie.

„Ganz sicher“, bestätigt Primo.

Sie durchqueren die südliche Wüste und erreichen bei Sonnenuntergang ihren Rand.

„Ich schlage vor, wir übernachten im Tempel“, sagt Willert.

„Au ja!“, stimmt Ruuna zu. Auch die anderen finden den Vorschlag gut. Nur Primo hat insgeheim Bedenken. Immerhin ist er in dem alten Gemäuer zweimal nur knapp dem Tod entronnen. Doch ihnen bleibt kaum etwas anderes übrig, wenn sie nicht im Dunkeln einen Wald voller Nachtwandler und Skelette durchqueren wollen.

Staunend stehen Ruuna, Kolle und Margi kurz darauf um den Schacht herum und blicken hinab in das finstere Loch.

„Da unten wart ihr, um den Schatz zu holen?“, fragt Kolle.

„Na klar“, sagt Primo, als wäre das nichts Besonderes, obwohl er vor Stolz beinahe platzt.

Nachdem sie den Eingang mit Sand abgedichtet haben, essen sie etwas. Erschöpft von dem langen Marsch schläft Primo rasch ein.

Mitten in der Nacht schreckt er hoch. Er hat geträumt, dass Nachtwandler aus dem Loch herausklettern und sie überfallen. Doch die anderen schlafen friedlich, und es sind keine Monster zu sehen. Trotzdem fällt es ihm schwer, wieder einzuschlafen, und so ist er froh, als durch das Loch in der Spitze des Tempeldachs endlich das Rosa des Tagesanbruchs zu sehen ist.

Der Weg durch den Wald verläuft ohne besondere Ereignisse, und die Sonne steht noch nicht einmal im Zenith, als sie über die Wiese östlich des Dorfs schlendern. Primos Herz schlägt höher, als er die vertrauten Häuser sieht.

Olum, der Fischer, entdeckt die Neuankömmlinge als Erster. Er lässt seine Angel fallen und rennt aufgeregt durchs Dorf. „Sie sind zurück!", ruft er aus vollem Hals. „Kolle und Primo sind zurück! Und sie haben noch welche mitgebracht!"

Die Dorfbewohner kommen aus ihren Häusern, doch als sie Ruuna sehen, wird aus ihrer anfänglichen Neugier Furcht. Sie weichen ein paar Schritte zurück und tuscheln besorgt miteinander. Nur Primos Vater Porgo und Kolles Eltern lassen sich vom Anblick der Hexe nicht abhalten und umarmen ihre Söhne überglücklich. Golina steht etwas abseits bei ihren Eltern, dem Bauern Bendo und seiner Frau Agia. Sie lächelt Primo schüchtern zu.

„Ihr wagt es, eine Hexe zu unserem Dorf zu führen!", donnert der Dorfpriester.

„Beruhige dich, Magolus!", erwidert Willert. „Das ist Ruuna. Sie ist eine freundliche Hexe und wird niemandem etwas tun!"

„Wenn ich jemandem etwas antue, dann höchstens aus Versehen", fügt Ruuna hinzu.

Das scheint die Dorfbewohner nicht unbedingt zu beruhigen. Viele machen finstere Gesichter. „Die Hexe muss weg!", ruft Kaus, der Bauer. Einige andere schließen sich dem Ruf an.

„Ruuna kann hierbleiben, solange sie will!", brüllt Kolle. „Immerhin hat sie mir das Leben gerettet. Wem das nicht passt, der bekommt es mit mir zu tun!" Sein Gesicht ist hellgrün angelaufen.

„Bist du ... bist du sicher, dass du wirklich wieder ganz gesund bist, mein Sohn?", fragt seine Mutter.

Kolle beruhigt sich etwas, als er ihr sorgenvolles Gesicht sieht. „Mir geht es gut."

„Und das Mädchen?", fragt Magolus. „Sie ist eine Fremde. Sie hat hier nichts verloren!"

Der Grünton in Kolles Gesicht wird wieder eine Spur dunkler. Doch bevor er etwas sagen kann, fasst ihn Primo am Arm und hält ihn zurück.

„Lass mich das machen", flüstert er. Dann fährt er laut fort: „Das ist Margi aus dem Wüstendorf. Sie ist keine Fremde, denn wir kennen sie gut. Ohne ihre Hilfe hätten wir Kolle nicht zu Ruuna bringen können, und ohne ihre Bücher hätten wir niemals den Goldschatz in dem alten Tempel gefunden!"

Diese Worte erzeugen wie erwartet große Aufregung unter den Dorfbewohnern.

„Ein Goldschatz? Wo?"

„Das kann nicht sein! Niemand ist je aus dem alten Tempel zurückgekehrt!"

„Ja, weil es gar keinen alten Tempel gibt, du Dummkopf. Das ist bloß eine Legende!"

„Ach ja? Und wieso sagt Primo dann, dass sie darin einen Schatz gefunden haben?"

„Das kann jeder sagen!"

„Zeig uns den Schatz!"

„Ja, ich will ihn auch sehen!"

Primo holt ein paar Goldbarren hervor. Ehrfürchtig starren die Dorfbewohner das glänzende Metall an.

„Tatsächlich! Ein Goldschatz!"

„Na, wer ist hier jetzt der Dummkopf?"

„Meinst du, da ist vielleicht noch mehr Gold in dem alten Tempel?"

„Ach, gerade hast du noch behauptet, es gäbe ihn gar nicht, den alten Tempel!"

„Ruhe jetzt, bei Notch! Benehmt euch gefälligst!" Das war Magolus, der sich sichtlich bemüht, die Kontrolle über die Versammlung nicht zu verlieren. „Also gut, stimmen wir ab. Wer ist dafür, dass Margi aus dem Wüstendorf bei uns bleiben darf?"

Fast alle Dorfbewohner stimmen zu. Nur Magolus' Helferin Birta ist dagegen.

„Wir freuen uns, Margi bei uns aufzunehmen“, sagt Kolles Mutter.

„Und ihre Bücher“, ergänzt sein Vater Nimrod mit einem glücklichen Gesichtsausdruck.

„Wer ist dafür, dass die Hexe so schnell wie möglich von hier verschwinden muss?“, fragt Magolus.

Auch diesmal ist eine Mehrheit dafür, nur Porgo und Kolles Eltern stimmen dagegen.

Kolle will protestieren, doch Willert ergreift das Wort. „Keine Angst, Magolus, weder Ruuna noch ich wollen hier im Dorf bleiben. Wir werden in meiner Hütte im Wald wohnen.“

„Falls jemand in ein Huhn verwandelt werden möchte oder einen Schwächetrank braucht, kann er jederzeit gern zu mir kommen“, ergänzt die Hexe.

„Nun gut“, sagt der Priester. „Wir, äh, danken euch, dass ihr Kolle und Primo geholfen habt. Ihr dürft jetzt gehen.“

Primos Vater und Kolles Eltern umarmen Ruuna und Willert und bedanken sich überschwänglich für die Rettung ihrer Söhne. Nachdem auch Primo sich von den beiden verabschiedet und ihnen versprochen hat, sie schon bald zu besuchen, wirft er einen Blick zu Golina, die ihn immer noch anlächelt. Am liebsten würde er gleich zu ihr gehen und ihr sagen, wie sehr er sich freut, sie wiederzusehen. Doch vorher hat er noch etwas zu erledigen. Also winkt er ihr bloß zu. Golinas Lächeln wirkt ein bisschen schief, als sie zurückwinkt.

„Ich bin so stolz auf dich, mein Sohn!“, sagt Porgo, als die beiden nach Hause gehen. „Nun erzähl mal, was du erlebt hast!“

„Später“, erwidert Primo. „Erst muss ich noch etwas machen. Darf ich mal die Werkbank benutzen?“

„Ja, natürlich!“

Als Primo die Goldbarren auf die Werkbank legt, macht sein Vater große Augen. „So viel Gold! Weißt du eigentlich, wie wertvoll das ist, mein Junge? Daraus kann man viele Sachen herstellen, die man aus Eisen nicht machen kann.“

„Weiß ich. Hast du mal einen Apfel?“

„Bist du hungrig? Ich habe noch etwas gebratenes Hühnerfleisch.“

„Nein, danke. Ich brauche ihn, um daraus etwas herzustellen.“

Porgo sieht seinen Sohn einen Moment lang an, stellt jedoch keine weiteren Fragen, sondern holt einen Apfel aus der Vorratskiste und reicht ihn Primo.

Der legt die Frucht auf die Werkbank und schiebt das Gold darauf hin und her. Doch was er auch tut, das Metall verschmilzt nicht mit dem Apfel.

„Beim Nether!“, schimpft er. „Das muss funktionieren! Ich hab es doch schon einmal gemacht!“ Er versucht, daran zu denken, wie sehr sich Golina freuen wird, wenn er ihr den goldenen Apfel überreicht. Doch stattdessen sieht er nur ihr enttäuschtes Gesicht vor sich.

Immer verzweifelter versucht er, das Gold und den Apfel miteinander zu verschmelzen, doch es ist, als wolle er einem Schaf das Fliegen beibringen. Was er auch tut, der Apfel will einfach nicht golden werden.

Frustriert und wütend zieht Primo sein Schwert und drischt damit auf die Werkbank ein.

„Was machst du denn da, Junge!“ Porgos Stimme donnert durch die Schmiede.

Erschrocken blickt Primo seinen Vater an, dann den zermatschten Apfel. Den kann er jetzt ganz bestimmt nicht mehr Golina schenken.

„Was ist bloß los mit dir?“, fragt Porgo.

„Nichts“, sagt Primo und seufzt.

„Das klingt aber nicht wie ‚nichts‘.“

Primo schweigt.

„Erzähl mir, was du erlebt hast, mein Sohn!“

Primo hat keine große Lust dazu, aber schließlich gibt er dem Drängen seines Vaters nach. Der hört aufmerksam zu und unterbricht ihn nicht.

Als er erzählt, wie er den goldenen Apfel für Kolle hergestellt hat, nickt Porgo. „Also deshalb wolltest du den Apfel haben. Aber warum willst du denn noch einen machen? Ist Kolle noch nicht wieder richtig gesund?“

„Doch, ich glaube schon.“

„Aber?“

„Aber ... der Apfel ist nicht für Kolle.“

„Für wen denn dann?“

Primo blickt zu Boden. Es ist ihm peinlich, über seine Gefühle zu reden. „Für Golina“, sagt er ganz leise.

Sein Vater lacht auf.

„Was ist daran witzig?“

„Entschuldige, gar nichts. Ich weiß noch, wie es war, als ich mich in deine Mutter verliebt habe ...“ Sein Blick geht ins Leere, als er sich an seine Frau erinnert, die vor vielen Jahren von Nachtwandlern getötet wurde. Er nimmt Primo in den Arm und drückt ihn an sich.

Einen Moment lang sitzen sie schweigend da.

„Du willst ihr also einen goldenen Apfel schenken?“, fragt Porgo schließlich.

Primo nickt. „Aber es klappt einfach nicht. Als ich ihn für Kolle gemacht habe, ging es ganz leicht. Aber ich kann mich nicht mehr erinnern, wie ich es gemacht habe.“

„Ich weiß, was du meinst. Wenn die Hände nicht wollen, kann der Kopf nichts tun.“

Primo seufzt. „Ich hätte ihr so gern etwas geschenkt. Etwas Besonderes.“

„Warum gehst du nicht einfach zu ihr und sagst ihr, dass du sie magst?"

„Ohne ein Geschenk?"

„Wenn sie dich auch mag, dann ist es egal, ob du ein Geschenk dabei hast oder nicht."

„Und wenn nicht? Was, wenn sie mich nicht mag?"

„Ich fürchte, dieses Risiko musst du eingehen."

„Ich ... ich trau mich nicht. Kannst du sie nicht fragen? Du musst ja nicht sagen, dass ich es bin, der in sie verliebt ist. Frag sie doch einfach, ob es irgendeinen Jungen im Dorf gibt, den sie mag, und wenn sie dann ..."

Sein Vater schüttelt energisch den Kopf. „Kommt nicht infrage! Das musst du schon selber tun!"

Primo muss plötzlich lachen, als ihm einfällt, dass er dieses Gespräch schon einmal geführt hat. Nur war dabei Kolle derjenige, der sich nicht traute, und Primo in der Rolle, die jetzt sein Vater spielt.

Er schüttelt den Kopf über sich selbst. „Ich habe gegen Nachtwandler gekämpft, Wüsten durchquert und einen verlorenen Schatz gefunden. Da sollte ich doch eigentlich genug Mut haben, um mit Golina zu sprechen!"

„So ist es richtig, mein Sohn!", sagt Porgo. „Nun geh zu ihr!"

Trotz seiner mutigen Rede pocht Primos Herz wie wild, als er vor der Tür des Nachbarhauses steht und anklopft. Die Sonne steht schon tief über dem Horizont.

Agia öffnet. „Oh, hallo Primo!“, sagt sie überrascht. „Es ist schön, dass du gesund zurückgekehrt bist!“

„Äh, ja. Ist ... ist Golina da?“

Die Bäuerin lächelt. „Ja, ich hole sie.“

Kurz darauf steht ihre Tochter vor Primo.

„Hallo!“, sagt Golina.

„Hallo!“, sagt Primo.

Dann fällt beiden nicht mehr ein, was sie noch sagen sollen.

„Warum geht ihr nicht einen Moment spazieren?“, schlägt Agia vor.

„Äh, gute Idee“, erwidert Primo. „Hast du Lust?“

Golina nickt. „Ja, gern.“

Sie gehen nebeneinander über die Wiese westlich des Dorfs, während die Sonne den Himmel rot färbt.

„Das muss aufregend gewesen sein, so weit wegzugehen“, sagt Golina.

„Äh, ja“, erwidert Primo, der immer noch verzweifelt nach den richtigen Worten sucht.

„Es ist hübsch, das Mädchen aus dem Wüstendorf“, meint Golina.

„Äh, ja.“

Sie bleiben am Rand der Schlucht stehen.

„Golina, ich ...“, sagt Primo.

„Ja?“

„Eigentlich wollte ich …“ Dir einen goldenen Apfel schenken, will Primo sagen, doch die Worte bleiben ihm im Hals stecken. Ihm fällt ein, was er zu Kolle gesagt hat, als der vor Margi herumdruckste. „… dich küssen“, vollendet er den Satz.

Golina sieht ihn lächelnd an. „Und warum tust du es dann nicht?“

Das lässt er sich nicht zweimal sagen.

Während die Sonne untergeht und die Sterne am Himmel erscheinen, küssen sie sich am Rand der Schlucht. Fern über dem Wald, ungefähr dort, wo Willerts Hütte steht, zischt ein goldener Feuerstrahl in den Himmel und explodiert in einem bunten, leuchtenden Stern. Primo nimmt es nicht wahr. Der Rest der Welt ist ihm gleichgültig. Alles, was er braucht, um glücklich zu sein, hält er hier im Arm.

In diesem Moment ist er fest entschlossen, nie wieder das Dorf zu verlassen, um fremde Gegenden zu erkunden. Er ahnt noch nicht, dass er diesen Vorsatz schon bald über den Haufen werfen wird und gemeinsam mit seinem besten Freund neue Abenteuer bestehen muss. Unbekümmert genießt er den kurzen Augenblick des Glücks. Und das ist gut so, denn er hat ihn sich verdient.

ENDE

Ein Streit mit Folgen ...

In dem kleinen Dorf am Rand der Schlucht scheint die Welt in Ordnung zu sein. Doch ein harmloser Streit zwischen Primo und seiner Freundin hat ungeahnte Folgen: Golina verschwindet spurlos, und die Suche nach ihr führt Primo und Kolle bis in die gefährliche Unterwelt des Nether ...

"Der Streit" ist der dritte Band der Serie um die Bewohner des kleinen Dorfs am Rand der Schlucht und bei Amazon und im Buchhandel erhältlich. Weitere Bände sind bereits erschienen.

8390949R00084

Printed in Germany
by Amazon Distribution
GmbH, Leipzig